김 정 (본명 김옥희)

kimkfda@naver.com

강원도 춘천 출생

서울대학교 대학원 약학박사, 식품기술사

식품의약품안전처

강원대학교 겸임교수

중앙대학교 대학원 출강

미국 퍼듀대학 Visiting Scholar

현재 그리올식품 기술고문

《한국수필》등단(2020)

한국수필가협회, 일현수필문학회 회원

수필집《천 번째 풍선》(2022)

● 삽화를 그린 **현경식**은 세종대 회화과를 나와
   국전 2회 입상, 목우회 이사장상, 아세아 현대미술전에서
   우수상을 받음.

천 번째 풍선

펴낸날　　초판 1쇄 2022년 12월 12일

지은이　　김　정
펴낸이　　서용순
펴낸곳　　이지출판

출판등록　1997년 9월 10일
등록번호　제300−2005−156호
주소　　　03131 서울시 종로구 율곡로6길 36 월드오피스텔 903호
대표전화　02−743−7661　　**팩스** 02−743−7621
이메일　　easy7661@naver.com
디자인　　박성현
인쇄　　　ICAN
물류　　　(주)비앤북스

값 15,000원

ISBN 979−11−5555−191−2　03810

※ 잘못 만들어진 책은 교환해 드립니다.

김정수 필집

천 번째 풍선

이지출판

구슬을 꿰며

어느날 다음 카페 '두레 일현' 코너에서 김영민 선생의 글이 눈에 들어왔습니다.

"시경에 나오는 〈학〉이란 시 한 구절(他山之石 可以攻玉 : 다른 산의 보잘것없는 돌이라도 옥을 갈 수 있다) 대로라면 글 쓰는 사람은 용기를 가져도 좋다. 못난 글은 못난 글대로 누군가의 타산지석이 될 수 있으므로 이렇게 자신을 이해해 줄 독자를 상상하고 글을 쓰는 한, 시간을 뛰어넘어 필자와 독자 간의 '상상의 공동체'가 생겨난다."

글을 쓴다고 한동안 부산을 떨었습니다. 그러다가 생각을 멈추고 글 쓰는 것을 소가 닭 보듯 했지요. 그런데 그날 읽은 짧은 시 한 구절은 황소가 젊은 암소 바라보듯 나를 흥분시켰습니다. 못난 글이라도 누군가의 타산지석이 될 수 있다는 글을 읽고 심장이 두근거렸으니까요. 능력도 다 자기 분복인 것을. 단어를 엮어서 진솔한 글을 쓰고자 하는 마음은 내 안의 엔트로피를 증가시킵니다.

글을 다시 쓰기 시작했습니다. 문학적 향기가 가득하고 철학적 깊이가 느껴지는 글은 아직 꿈일 뿐입니다. 첫 관문으로 시간을 뚫고 공간으로 들어가 한 마리 나비를 쫓기로 했습니다. 어떤 날은 과거로 가서 애벌레가 되었다가 미래로 가서 화려한 호랑나비가 되기도 하지요. 나풀거리면서 나무와 꽃과 바람과 대화를 하기도 하구요.

애벌레가 허물을 벗고 번데기가 되면서 그 속에서 들었던 봄비 내리는 소리. 여름날 천둥 번개와 함께 쏟아지던 장대비에 놀라 공포에 떨었던 일. 드디어 번데기에서 탈출하여 나비로 태어나 처음으로 어마무시한 세상을 바라보던 일. 들판에 활짝 핀 꽃 위에 날개 접고 앉아 대롱 입술을 꽃술에 살짝 대던 황홀한 순간. 소우주를 헤매면서 있었던 그런 일들을 그려 보기로 했습니다.

아침 일찍 일어나면, 한 시간 동안 성경 필사를 끝내고 유튜브를 클릭합니다. 그리고 정철 영어 성경 한 구절을 공부하지요. 그의 유창한 강의는 듣기에 편안하고, 궁금했던 부분을 알려 주기도 합니다. 지인의 소개로 시작했는데 어느새 2년이 다 됐네요. 요즘에는 하루라도 거르면 뭔가 빠진 것같이 허전합니다. 요한복음 강의 시간 끝부분쯤 가면 정철 선생이 반드시 하는 말이 있습니다.

"이 수업 끝나면 꼭 몇 번씩 읽고 쓰세요. 수업만 하고 그냥 지나치면 농부가 기껏 기른 작물을 들판에 놓고 추수하지 않고 가 버리는 꼴입니다. 아깝잖아요. 유종의 미를 거두려면 꼭 읽고 써야 합니다."

그 말을 들으니 글을 쓴다는 것도 농부가 씨를 뿌리고 물 주고 가꾸며 추수하는 것과 같다는 생각이 듭니다. 그렇다면 책을 만드는 것은 '관주위보(貫珠爲寶)'라고, 구슬이 서 말이라도 꿰어야 보배겠지요.

저 하늘에 떠 있는 천 번째 풍선이 이제 나의 첫 번째 풍선이 되었습니다. 소우주의 역사를 그 풍선 위에 쓰면서 다음 풍선에는 조금이라도 더 나은 작품이 엮어지길 기대해 봅니다.

내 풋 작품에 출연한 사람 누구도 상처 받는 일이 없기를 바라며, 삽화를 그려 준 현경식 화백에게 감사드립니다.

글을 지도해 주고 필명을 지어 주신 손광성 선생님, 멀리서 조언과 응원으로 따뜻한 감동을 주신 안정혜 선생님께 감사드립니다. 원고를 함께 읽으며 객관적인 시선으로 바라보게 해 주신 장수자, 이송은 작가님과 정혜주 박사님, 책을 엮어 준 이지출판에게 고마움을 전합니다.

그리고 진심인지 위로의 말인지 모르지만 변변찮은 내 글을 읽고 감탄해 주는 남편과 같이 소소한 즐거움을 누리렵니다.

언제나 내 인생을 정렬하시는 주 하나님께 감사드립니다.

2022년 12월

金 汀

차례

제1장 과거에는

막달레나 아주머니

신혼 시절, KIST에 다니던 나는 성북구에서 얼마 동안 살았다. 주인집은 조선 시대 양반들이 살았을 것 같은 그런 기와집이었다. 안채와 별채로 나뉜 디귿자. 안채의 격자로 된 유리문을 열면 아주 넓은 대청마루가 있었다. 언제 보아도 반짝반짝 윤이 나는 마루였다. 집안 어디 한 군데 반들거리지 않은 곳이 없었다. 우리는 별채에 살았다.

그 집 주인은 마른 체형에 금테 안경을 쓴 독신 여성이었다. 천주교 신자인 그녀는 성당에서 맡은 직책 때문인지 늘 바빠 보였다. 차가운 인상이었지만 함께 사는 연로한 어머니에게는 극진했다. 청각장애가 있으신 듯한 어머니와 안방에서 대화할 때는 가끔 웃음소리가 새어 나왔다.

일하는 아주머니가 한 분 있었다. 이름은 막달레나. 여주인과 비슷한 나이에 눈이 작고, 키는 자그마하고, 언제나 맨얼굴이었다. 파마기 없는 머리는 뒤로 꽁꽁 돌려 고무줄로 묶고 다녔다. 구부정한 허리에 허름한 옷차림이었으나 표정은 맑았다. 그녀 역시 독신이라고 했다. 그 집에는 그렇게 나이 든 세 여인이 살았다.

여주인은 무언가 필요할 때마다 부엌을 향해 큰 소리로 "막달레나! 막달레나!" 하고 불렀다. 막달레나 아주머니는 긴장한 얼굴로 부엌에서 뛰어나와 대청마루 쪽으로 달려가 고개를 숙였다. 그녀가 여주인을 똑바로 바라보는 것을 나는 한 번도 본 적이 없었다. 집안 분위기가 늘 조용했다. '파니엘'이라고 부르는 귀가 축 늘어진 갈색 사냥개가 유일하게 소리를 내는 집이었다.

어느 일요일 오후. 막달레나 아주머니의 헛기침 소리가 밖에서 들렸다.

"저 선상님, 죄송하지만 잠시 저 좀…."

"네, 무슨 일이지요?"

"저기, 마당에 잠깐 나와 주시면 안 될까요? 죄송합니다."

두 손을 계속 비비며 그녀가 남편에게 정중히 요청했다. 그녀의 시선은 늘 바닥을 보고 있었다. 영문을 모르는 남편은 넓은 마당으로 나갔다. 그냥 잠시 마당에 서 있어만 달랬다.

'서 있기만 하면 된다고?'

그 집 화장실은 그 시절 다 그랬듯이 푸세식이었다. 그날은 오물을 치우는 중이었다. 왔다 갔다 하는 인부들이 두어 명 보였다. 인부 중 한 명이 그 집 대청마루에 두 팔을 벌리고 누워 있다가 남편이 나타나자 벌떡 일어나더니 사라졌다. 놀란 남편은 막달레나 아주머니에게 물었다.

"저 사람이 왜 남의 마루에 누워 있다 일어나지요?"

그녀가 나직이 대답했다.

"똥 푸는 인부들이 일하다가 피곤하다며 저렇게 마루에 눕는 일이 허다하답니다. 이 집에 여자들만 사는 것을 알고 무시하거든요. 선상님, 감사합니다."

그녀는 집 안에 남자가 있음을 알려 무례한 인부의 행동을 간단히 저지시켰다. 그녀의 한판승, 지혜로운 여인이었다. 그 후 남편은 그 집의 든든한 수문장이 되었고, 나는 그녀와 격의 없이 대화하는 사이가 되었다. 냉정해 보이는 여주인과는 마주칠 때 눈인사를 하는 것이 전부였다.

그러던 어느 겨울 아침, 여주인이 대청마루에 서서 큰 소리로 불렀다.

"막달레나, 막달레나, 내 신발 어디 있어?"

"네네, 여기 있습네다."

부엌에서 뛰어나온 그녀는 허름한 옷을 헤치고 품속에서 고무신을 꺼냈다. 그리고 허리 굽혀 신발을 댓돌에 가지런히 놓았다. 단아하게 한복을 차려입은 여주인은 따뜻해진 고무신을 신고 막달레나 아주머니에게 살짝 웃어 보이고 총총히 걸어 나갔다. 여주인의 뒷모습을 바라보는 그녀는 만족스러운 듯 미소를 짓고 있었다. 저 표정은 무슨 뜻일까? 그녀에게 말을 걸었다.

"아주머니, 고무신, 지금 가슴에서 꺼낸 건가요?"

그녀는 수줍은 듯 피식 웃으며 말했다.

"고무신이 차가워서… 저렇게 따뜻해진 신을 신고 나가시면 제 기분이 좋거든요."

"아주머니는 이 추위에 양말도 신지 않고, 남의 신발은 품속에서 데우셨어요?"

"아이고, 나 같은 거야 아무러면 어드레요? 저는 늘 물일을 하니까 양말 신으면 젖어서 불편해요. 그렇게 말씀해 주시니 정말 황송하구먼요."

그녀는 불편하다며 겨울에도 양말을 신지 않았다. 늘 남자 검정 고무신에다 맨발이었다. 손과 발이 마를 날이 없었다. 손등이 튼 것을 보고 손크림을 드리니 음식에 냄새 밴다고 극구 사양했다.

그녀는 괘종시계였다. 부엌에서 안방, 건넌방 그리고 마루를 쉴 새 없이 들락거리며 시중을 들었다. 걸레를 손에 달고 살았다. 천성이 부지런한 것 같았다. 어쩌다 짬 나는 시간은 성경책이나 신문을 읽었다. 가끔 신문의 한자를 물어와 알려 주면 활짝 웃는 모습이 어린애같이 해맑았다. 그녀에게선 감추어진 품위가 느껴졌다.

햇볕이 내리쬐는 어느 날, 툇마루에 앉아 성경을 읽던 그녀가 내게 말을 걸었다. 그녀는 우리 부부에게 늘 선상님이라고 불렀다.

"선상님, 죽어서 천국 가면 얼마나 좋을까요? 생각만 해도 좋습네다."

마땅히 갈 분이리라. 그녀는 겸손한 마음으로 정성을 다해 주인을 섬겼다. 한 번도 불평하는 것을 들은 기억이 없다. 표정은 늘 편안했고 작은 일에도 고마워했다. 빙의한 천사가 아니었을까.

　명절에 그녀에게 내복을 한 벌 선물했다. 그녀의 눈시울이 붉어졌다. 자신은 필요 없다며 손을 저었다. 재차 권하자 망설이듯 조심스레 말했다.

　"선상님, 제가 갖고 있다가 꼭 필요한 분에게 나중 드려도 괜찮을까요?"

　자신보다 덜 가진 자를 먼저 생각하는 그녀였다. 자신은 가진 것이 넉넉하다고 생각하는, 남의 집에서 허드렛일 하는 자리를 천국으로 알고 사는 사람이었다. 자기 소임에 최선을 다하는 사람, '섬김'을 내게 가르쳐 준 존경스러운 막달레나 아주머니. 지금쯤 또 다른 천국에서 환하게 웃는 모습이 그려진다. 그 내복은 누구에게 줬을까?

중국집 주인에게 받아낸 오십 불

오래전 유난히 뜨거웠던 여름, 캐나다에서 국제약리학회가 열렸다. 내가 다니던 직장에서는 해마다 연구 결과를 이듬해 국내나 외국 학회에서 발표했다. 그해 국제학회에는 나보다 훨씬 아래인 풋풋한 L연구관과 함께 떠났다. 얼굴이 갸름한 그녀는 예쁘고 날씬한 데다 성격마저 싹싹했다.

몬트리올 공항에 도착해 시내 호텔로 가려고 공항 주차장으로 갔다. 한국에서 렌트한 자동차를 찾아야 했다. 막상 가 보니 신청할 때와는 달리 링컨 콘티넨털 같은 대형차가 있었다. 처음 보는 분홍색 차였다. 순간 호기심이 발동했으나 다음 날 소나타 정도의 작은 하얀색 차로 바꿨다.

학회에서 일정이 일찍 끝나거나 시간이 되는 주말에는 둘이서 차를 타고 잘 정돈된 외국 도시의 특유한 정취를 만끽했다. 모든 일정이 끝나고 귀국하기 전날, 저녁을 먹으러 호텔 부근에 있는 중국 식당에 갔다. 식당은 건물 2층에 있고, 건물 옆에 빈 주차 공간이 있었다. 캐나다는 주차 관리가 엄격해서 늘 신경을 써야 했다.

　식당에 들어가자마자 주인에게 건물 옆 주차장에 차를 세워 놓아도 되는지 허락을 받고 자리에 앉았다. 식당 안은 저녁이라 매우 붐볐다. 중국인들이 어찌나 크게 떠드는지 북새통을 이루었다. 우리는 간단히 식사를 끝내고 일어났다.

　계산을 하고 건물 옆 주차장으로 갔다. 그리 넓지 않은 공간인데 우리 차가 안 보였다. 깜짝 놀라 몇 바퀴를 돌았다. 갑자기 다리가 후들거렸다. 오금이 저려 주저앉을 것 같았다. 머릿속에 떠오르는 것은 오직 '내일 한국으로 돌아가야 하는데 어쩐다? 저 차값을 어떻게 물어주지? 우리가 무슨 보험을 들었더라?' 하는 생각만 빙빙 돌았다. 머릿속이 하얘졌다. 무작정 식당으로 다시 뛰어들어갔다.

　"우리 차가 없어졌어요. 어떻게 된 일이지요?"

다행히 식당 여주인이 나를 기억하고 있었다. 흥분한 그녀가 두 손을 좌우로 흔들며 우왕좌왕하더니 본인도 당황한 듯 우리에게 물었다.

"차가 없어졌어요? 정말요? 음, 당신들 한국인인가요?"

"네, 그래요. 거기 당신네 식당 주차장 아니에요?"

"맞지만 우리가 정기적으로 불법 주차를 확인해요. 아까 내가 어떤 차 번호 호출했는데 아무 대답이 없어서 우리 식당 손님 차 아니라고 한 적 있어요."

"예에? 난 당신이 부르는 소리 못 들었어요. 식당 안에 손님이 많아 시끄러웠잖아요? 그리고 들어올 때 당신한테 허락받은 거 기억하지요?"

내 목소리 톤이 높아졌다.

"어쨌든 내가 호출했을 때 당신이 대답 안 했어요. 그러니 난 책임 없어요."

여주인의 황당한 억지에 어이가 없었다. 그녀는 멀쩡한 식탁을 닦으며 일을 하는 척했다. 무도복 같은 시커먼 옷을 입은 다른 종업원들이 슬슬 한 명씩 사라졌다. 홀에는 여주인과 우리밖에 없었다. 그 상황에 놀라 L연구관은 얼굴이 창백해졌다. 그녀는 인형같이 큰 눈을 더욱 크게 뜨고 나와 식당 여주인만 번갈아 쳐다봤다.

난감했다. 순간 '별일 아닐 거야'를 연신 중얼거리며 마음을 다잡았다. 적어도 그 중국인에게 추한 한국인의 모습은 보이고 싶지 않았다. 나는 침묵으로 버티기로 했다. 홀 가운데 팔짱을 끼고 말없이 서 있었다. 키가 작은 여주인은 머리 하나쯤 더 큰 내가 홀 중앙에 버티고 서 있자 불안한 듯했다. 그녀의 당황하는 모습을 보니 본심은 순진한 듯했다.

그렇게 한참 시간이 흘렀다. 사방에 불이 켜지기 시작했다. 난처해져서 얼굴이 벌게진 여주인이 여기저기 전화를 하더니 내게 다가왔다.

"그 차가 견인된 것 같네요."

정신이 번쩍 났다. 일단 제일 큰 도난 걱정이 레몬 사탕 녹듯 사라졌다. 코에서 단김이 훅 나왔지만 안심한 내색을 감춘 채 다음을 궁리했다.

창밖은 어느새 칠흑 같았다. 건너편 빌딩의 네온 빛이 깜빡깜빡하며 '시간 없어, 시간 없어' 하고 나를 재촉했다. 견인됐다면 우선 장소와 벌금 문제를 확인해야 했다. 입이 바짝 말랐었는데 차츰 침도 나오고 숨도 제대로 쉴 수 있었다.

견인 벌금은 100불 정도라고 했다. 양쪽에서 반반씩 내는 것이 합리적이란 생각이 들었다. 안 나오는 헛기침을 억지로 두어 번 했다. 자동차 가격에 비하면 벌금 100불은 오히려 협상할 용기를 주었다. 나는 상대의 눈을 똑바로 쳐다보며 낮은 목소리로 말했다.

"나는 못 들은 책임이 있고 당신은 내가 미리 얘기한 것을 기억 못한 책임이 있으니 반반씩 냅시다. 당신이 50불을 주면 내가 차를 찾아갈게요."

"뭐, 뭐라고요? 내가 왜 내요? 나는 못 내요."

주인의 눈이 두 배나 커졌다. 우리가 먹은 식사비가 30불인데 50불을 내라니 어처구니가 없었나 보다.

나는 말없이 그냥 의자에 버티고 앉아 있었다. 속마음을 감추고 읽지도 못하는 중국어 메뉴판을 뒤적거렸다. 정적이 흘렀다. 돌아갈 생각을 않는 우리를 보다 못한 그녀가 드디어 현금 50불과 견인된 곳 주소를 적어 주었다.

택시를 타고 어둠의 터널 속을 지나 견인 장소로 갔다. 십 분 정도 걸리는 그곳이 왜 그렇게 먼지.

자동차가 줄을 맞춰 **빽빽**이 서 있는 넓은 광장에서 그

차를 발견했다. 긴장해서 힘주었던 어깨가 제자리로 내려왔다. 그 차가 돌아가신 할아버지가 오신 것보다 더 반가웠다.

엉뚱한 돈을 내고도 큰 걱정을 덜었다는 마음에 한숨이 터졌다. 국수 한 그릇 먹고 80불이 날아갔는데, 중국인한테 받아낸 50불 때문에 호텔로 돌아가는 길은 그리 억울하지 않았다. 그 50불로 내 자존심이 조금 위로받았다고 생각하니 아직도 내 속에 그들을 향한 태고의 찌끼가 남아 있음이 분명한 듯하다.

로마에서 당한 사기

토요일 오후 TV에서 보여 준 영화 〈로마의 휴일〉. 오드리 헵번과 그레고리 펙이 멋진 트레비 분수 앞에서 알콩달콩 사랑의 눈길을 나눈다. 파노라마처럼 펼쳐지는 로마 곳곳을 감상하며 오래전 로마 여행에서 아찔했던 기억들이 떠올랐다.

직장에 다니던 어느 여름. 직장 동료인 Y와 단기 연수차 프랑스 파리로 3주간 출장을 갔다. 일을 당겨 마치고 마지막 휴일을 이용해 이탈리아 로마 구경을 하기로 계획했다. 로마까지는 11시간에서 13시간쯤 걸린다는데, 젊은 여자 둘이서 겁도 없이 시간을 절약한답시고 야간열차표를 샀다.

파리에서 로마로 가는 길고 긴 기차는 스위스를 지나면서 넓은 평원을 지루하게 달렸다. 아름다운 경치도 끝도 없이 달리니 시들해졌다. 로마는 새벽에 도착 예정. 자정쯤인가 밖은 무척 깜깜했다. 갑자기 젊은 남자가 와서 여권을 달라고 요구했다. 그의 뜻을 이해하지 못한 내가 되물었다.

"여권을 달라고요? 여기서 잠깐 보는 거지요?"

"여기는 이탈리아 국경을 넘는 곳입니다. 모든 승객의 여권을 조사하고 보관했다가 국경을 지나면 돌려줍니다."

"……"

머리가 치렁치렁한 그 젊은 남자는 낡은 청바지를 입은 히피 차림이었다. 놀란 토끼 같은 눈을 뜨고 여권을 주지 않으려는 두 여자를 오히려 그가 훑어보고 있었다. 볼펜을 쥔 손가락을 까딱거리며 껌을 질겅질겅 씹으면서 계속 재촉했다.

사기꾼이 많다고 들은 이탈리아. 목숨 같은 여권을 이 밤에 왜 가져가겠다는 건지, 도저히 그냥 내줄 수는 없었다. 신중하게 확인해야 했다.

"다른 사람들의 여권도 걷습니까?"

나의 의심을 눈치챈 그는 얼굴을 찡그리며 따라오라고 했다. 이미 자정이 넘은 시각. 밖은 너무 어두워서 아무것도 안 보였다. Y는 내 옷소매를 붙잡으며 말렸다.

"어쩌려고요. 저 사람이 기차에서 나쁜 일 저지르면 큰일나잖아요?"

"목숨 같은 여권을 갖고 간다는데 확인을 해 봐야지. 괜찮을 거야."

나도 무서웠지만, 나이 많은 내가 아닌 척해야 했다. 머리털이 쭈뼛 섰다. 흔들거리는 복도의 벽을 짚어가며 몇 칸을 지나 따라갔다. 끝 칸 구석에 선반이 있었다. 각 선반에 여권이 가득 있었다. 그제야 나는 안심하고 멋쩍은 표정을 지으며 진심으로 사과했다.

"우리나라는 반드시 정복을 입은 사람이 검열하고, 이런 경우는 처음이어서 놀랐습니다. 미안합니다."

껌을 씹던 그가 새벽녘 로마에 도착하기 전 여권을 돌려주었다.

로마의 새벽 하늘은 회색빛이었다. 꿈꾸던 도시가 우리를 들뜨게 했다. 조상들이 남겨 준 유물이 여기저기 널려 있는 로마. 역사가 서려 있는 오랜 도시 로마. 단 며칠에 볼 수 있는 도시가 아닌 것은 알고 있었으나 시간이 많지 않아 아쉬웠다.

이탈리아 돈이 필요했다. 환전하려고 인파가 가득한 로마역으로 갔다. 여러 매표창구마다 50미터 이상 줄이 뱀같이 길게 늘어서 있었다. 한 시간을 기다려도 줄은 별로 줄지 않았다. 창구에서 왜 그리 수다를 떠는지, 속이 타들어 갔다.

그때 꾸깃꾸깃한 윗도리를 입은 빼빼하고 키가 큰 남자가 다가왔다. 그의 눈빛은 무언가 불안한지 주위를 두리번거렸다. 초라한 옷차림에 광대뼈가 불거진 그는 환전이 급했던 우리를 파악하고 있었다. 모습과는 달리 점잖게 말을 걸었다. 사설 환전소가 바로 길 건너편에 있다고 영어로 떠듬거렸다. 내키지 않았지만 시간이 모자란 우리에게 그 말은 꿀 같은 유혹의 손길이었다. 지나고 보니 우리는 그에게 만만한 고객으로 찍힌 거였다. 궁금한 것부터 물었다.

"당신 가게에서 환전하는 거 불법인가요?"

"아니, 아니, 절대로 불법 아닙니다. 약간 수수료가 더

들 뿐이지요."

조금 불안했지만 시간이 없었다. 우리는 그를 따라 광화문역과 비슷하게 생긴 사방으로 뚫린 로마역 지하 차도를 가로질러 큰길로 올라갔다. 길 쪽으로 계속 따라갔다. 앞서가는 그의 초라한 뒷모습이 비틀거렸다. 점점 의심이 들고 불안했다.

"저기요, 가게가 바로 길 건너 있다고 하더니 왜 이리 멀어요?"

"조금만 더 가면 돼요. 그렇게 급하면 지금 줄 수도 있는데…"

"그래요? 그럼 지금 주세요. 200달러면 몇 리라지요?"

앞서가던 그가 오른쪽 주머니에서 고무줄로 돌돌 묶은 리라 한 뭉치를 보여 주곤 얼른 도로 집어넣었다. 그리고 채신머리없이 다리를 흔들며 춤추듯 빙그르르 돌았다.

나는 200달러를 내밀면서 그에게 말했다.

"그럼 가게까지 가지 말고 여기서 바꿉시다. 자, 200달러요."

그는 자꾸 두리번거리면서 몸을 왼쪽 오른쪽으로 움직였다. 그의 가벼운 몸짓이 못마땅했다. 그가 다시 한 바퀴 돌더니 주머니에서 아까 보여 준 듯한 돈뭉치를 내밀었다. 그러곤 몸을 흔들며 황급히 내게 말했다.

"가요, 가요. 빨리! 저기 경찰 와요."

그의 서두르라는 말에 놀란 우리는 얼어붙었다. 잠시 혼란스러웠다. 뒤를 돌아보니 그는 지하도 방향으로 달려갔다. 뭔가 이상했다.

'불법이 아니라고 하더니 경찰이 온다고? 그리고 왜 우리보고 빨리 가래? 어떻게 주머니에서 딱 맞는 돈을 꺼내?'

수상한 생각이 들었다. 얼른 그 남자가 준 돈을 꺼내 펼쳐보았다. 이게 웬일? 겉장만 진짜 돈이고 속은 신문지를 정교하게 잘라서 고무줄로 꽁꽁 묶은 것이었다.

먼저 왼쪽 주머니에서 꺼내 보여 준 돈뭉치는 진짜 돈이었고, 나중에 꺼내서 준 건 다른 주머니에서 꺼낸 가짜 뭉치였다. 다리를 흔들고 빙빙 돌면서 우리를 교란한 것. 그에게 달려가려고 몸을 돌렸다.

"말라깽이, 이 나쁜 노옴, 우리에게 사기를 치다니!"

눈에서 불이 났다. 겁에 질린 Y가 울상을 짓고 내 팔을 붙들고 늘어졌다. 그 남자는 바람같이 인파에 섞여 사라졌다. 두 눈 뜨고 고스란히 당했다.

들고 예상했던 것을 그대로 겪은 나라 이탈리아. 시작부터 조심하자고 다짐했건만, 험한 세상 배우라는 기회였나? 세상을 가볍게 본 두 여자의 오만한 행동 때문이었나? 어쩜 넉넉하게 환전 시간을 준비하지 못한 게으름의 대가였을지도 모르겠다.

'맞아, 다 우리 잘못이지. 누굴 탓하랴.'

입구에서부터 출구까지 나를 놀라게 한 로마. 잊을 수 없는 기억을 남긴 로마의 휴일이었다.

자존심 살리다

이름도 특이한 대장동 화천대유니 뭐니 하는 뉴스가 연일 시끄럽다. 아파트 건축업자와 공무원 사이에 몇십억, 몇백억이라는 어마어마한 돈이 오가면서 여기저기 내로라 하던 인물들이 검찰을 들락거리는 모양이다. 서민들은 어이가 없고 뒤에서 묵묵히 일하는 공무원의 자존심은 구겨지고 있다. 이들의 뇌물 소식을 듣다 보니 나도 오래전 흰 봉투를 받고 얼굴이 달아올랐던 일이 떠올랐다.

내가 다니던 직장은 의약품 허가에 관련된 서류 업무, 그리고 이와 관련된 연구를 하는 국가기관이었다. 어느 날 검토해야 할 커다란 자료 뭉치가 나에게 배당되었다.

외국에서 개발하고 허가를 받아 이미 사용되고 있는 의약품을 국내 제약회사가 처음 수입하려고 제출한 것이었다. 나는 며칠간 집중해서 검토한 후 최종 결재자인 B과장에게 자료와 함께 결재서류를 내밀었다.

"김 연구관, 이 자료만으로 제품의 약리작용을 입증할 수 있습니까?"

"네, 자료를 검토해 보니 '적합'으로 처리해도 될 것 같아요. 효능은 인용지수(引用指數)가 높은 국외 논문도 있고 다른 자료들도 몇 건 있었습니다."

"그거 갖고 충분합니까?"

"이미 그 제품이 미국 등 선진국에서 팔리고 있고, 자료가 많지는 않지만 중요한 자료는 다 있습니다."

내 설명을 듣던 과장이 냉정하게 한마디 툭 던졌다.

"'보완'으로 처리해서 자료를 더 가져오라고 하세요."

"저… 과장님, 이 자료로도 괜찮을 것 같은데요."

"이거 '적합'으로 처리해서 나중에 문제 생기면 김 연구관이 책임질 수 있어요?"

과장은 내가 지시를 냉큼 받아들이지 않자 큰 소리로 화를 냈다. 그건 전혀 예상 못한 반응이었다. 그 사회에서

'책임'이란 일종의 협박이었다. 문제가 생긴다는 건 대체로 자료가 불충분한 제품에 대해 허가를 내준 경우였다. 그 많은 자료를 검토한 후 내용이 적합하다는데 수고했다는 말 대신 책임이라니….

잠시 침묵이 흐르고, 나는 심호흡을 한 뒤 결심했다.

"알았습니다. 문제가 생기면 제가 책임지지요."

짧고 차갑게 대꾸했다.

말주머니를 잘못 여민 걸까? 사무실 분위기가 물을 끼얹은 듯 조용해졌다. 자존심이 무척 강한 과장은 자기가 지시하면 당연히 따르기를 원했다. 여태까지 그래왔고. 그런데 반위협적으로 책임지라는 엄포까지 놓는데도 감히 '알았다'는 대꾸라니….

복종은 습관이다. 군대가 아닌 일반 직장에서 업무를 처리하는 데 습관적으로 복종하면 옳고 그름의 감각을 잃을 수 있다. 시작부터 복종을 거부한 내 모습에 놀란 과장의 눈동자가 비틀거리고 있었다.

중앙 공무원의 '과장'직은 공무원의 꽃으로 여긴다. 예전으로 치면 시골 군수급이라 그들의 자존감은 대단했다. 그런데 특별 채용한 새내기 연구관이 어이없게 고개를 들었다. 범 무서운 줄 모르는 하룻강아지였나. 하지만 대단한 과장이라 해도 중간 관리자인 연구관의 결재 없이 서류가 나갈 수는 없었다.

과장은 담배를 사랑하는 골초였다. 가끔 잇몸이 드러나도록 크게 웃을 때는 눈이 안 보였다. 패션에는 무감각한 듯 구깃구깃한 와이셔츠에 유행과 무관한 헐렁한 바지를 자주 입었다. 공무원 경력이 오래된 그는 재치가 있고 비교적 예리하다는 평을 들었지만, 자기 주장이 무시되는 것을 참지 못했다. 그러나 때로 윗사람이 합당하지 않은 지시를 할 때, 언쟁을 해서라도 부서 직원의 방패막이가 돼 주기도 했다.

어쨌거나 나는 예를 갖추어 그 서류를 '적합'으로 결정한 이유를 다시 설명했다.

"이 논문은 세계적으로 저명한 잡지에 3년 전에 발표됐습니다. 그 논문에서 농도별로 효능을 측정했고, 실험 예수도 충분합니다. 데이터도 오차범위까지 봤는데 문제없었어요. 서류 적합 요건에 어긋나지는 않았습니다."

그는 반쯤 피우던 담배를 신경질적으로 비벼 끄더니

다시 새 담배를 꺼내 불을 붙이고 끄기를 반복했다.

그 당시 작은 제약회사에서 서류를 제출하면, 완벽하지 않은 이상 단번에 '적합'으로 처리되기는 쉽지 않았고, 한 번쯤 '보완'으로 처리했다가 '적합'으로 처리되는 경우가 많았다고 했다.

완벽하기가 그리 쉬운가. 과장 입장에서는 더 많은 자료를 원했던 것 같으나 더 좋은 자료가 있다면 애초 제출하지 않을 리가 없었다. 그래서 대개 2% 부족한 경우가 많았다. 그 2%가 부족할 때 검토자의 재량이 필요했다. 치명적이 아닌 자료 부족으로 결과가 지연되면 회사 측에서는 큰 타격이 될 수도 있었다.

과장은 서류를 들여다보며 종일 줄담배를 피워댔다. 드디어 그가 '적합'으로 최종 처리했다. 내 판단이 받아들여졌다는 안도감도 잠시, 치러야 할 대가가 따라왔다.

한동안 찬바람이 불었다. 내가 과장의 심기를 거스른 탓에 연구사들까지 덩달아 초긴장 상태로 지내야 했다. 다행스럽게도 얼마 후 과장의 마음이 풀렸는지 별일없이 종전으로 돌아갔다.

결과 통보가 끝나고 서류를 제출했던 회사 직원이 찾아왔다. 키가 크고 30대 초반쯤으로 보이는 그는 짙은 눈썹 때문인지 작은 얼굴이 더 작게 보였다. 말쑥한 회색 정장에 넥타이핀까지 꽂은 그가 말했다.

"연구관님, 고맙습니다. 회사에서는 시간이 돈인데 이번 서류가 '적합'으로 빨리 처리돼서 큰 도움이 됐습니다."

"아! 자료가 많지는 않았지만 별문제는 없었습니다."

잠시 후 그가 주위를 둘러보더니 두툼한 하얀 봉투를 내 책상 위에 놓았다. 순간 나는 당황했다. '혹시?' 하고 감이 오면서 가슴이 두근거렸다. 얼굴이 달아올랐다. 봉투를 쳐다보며 천천히 물었다.

"이거 뭐지요?"

"예, 약소하지만 작은 감사의 표시입니다. 연구관님 덕분에…."

그 사람은 나와 과장의 대화 내용을 문밖에서 들은 것 같았다. 놀란 가슴을 가라앉힌 다음 봉투를 들고 그에게 따라오라고 눈짓했다. 쭈뼛거리며 뒤따라온 그에게 봉투를 다시 내밀었다.

"감사하다고 하시니 저도 감사합니다. 하지만 이건 아닙니다. 공무원이 사회에서 이런 것 때문에 비난받는 것 아시지요?"

"아니, 이건 정말 감사의 표시로…."

"감사는 말로 충분합니다. 사실 감사할 것도 없지요. 우리 월급은 이런 일 하라고 주는 거니까요. 마음만 받을게요. 우리 함께 자존심을 살리기로 합시다."

정색을 하다가 픽 웃는 나를 보며 뭔가 헷갈리는 표정으로 머리를 긁적거렸다. 그리고 구둣발로 바닥을 몇 번 비비더니 돌아갔다.

나는 그것이 '정도'라고 생각했다. 물론 뇌물이 아니고 진정한 고마움의 표시였을지라도. 그가 당장은 무안해할 수도 있지만 그 길이 원칙이라고 동조해 주기를 바란다면 기대가 과한 것일까. 아무려나 그날은 자존심을 살린 뿌듯한 날이었다.

박 사장님, 안녕하시지요

그때가 삼십여 년 전 도라지꽃이 피는 초가을이었던가. 의약품 허가기관에서 자료를 검토하는 사무실로 나이 드신 분이 나를 찾아와 항의하듯 물었다.

"연구관님, 이 항암제가 왜 부적합입니까?"

"아~ 그 자료로는 제품의 효력과 안전성을 입증하기 어렵습니다. 효력 실험에서 각 군(群) 수가 너무 적고요. 군마다 개체 수도 적고, 결과에서도 유의성이 안 보입니다. 또 주사액 조제 과정도 모호합니다."

"그래도 이것 맞고 암환자가 여러 사람이 나았는데요?"

"맨 소금만 먹고도 암환자가 나았다는 예도 있지요. 그렇다고 소금을 근거 자료 없이 항암제로 허가를 내주지는 않습니다."

흥분해 있던 그분은 내 설명은 듣지 않고 하고 싶은 말을 계속했다.

"이거 그 유명한 대학에서 실험한 건데요."

"아, 미국 하버드대학에서 실험했다고 해도 이 자료로는 곤란합니다."

마지막 패를 던지는 내 설명에 그가 땅이 꺼질 듯이 한숨을 쉬더니 들고 있던 모자만 만지작거렸다. 그즈음 우리 팀에서는 여러 생약 성분의 항암 작용 실험을 하고 있었다. 그러다 보니 항암제와 연관된 관련 서류는 전부 우리 팀이 맡게 되었다.

박 사장이라는 그분은 긴장한 탓인지 말할 때마다 눈을 깜박거렸다. 이마에 내 천(川)자 주름이 깊어 나이가 좀 들어 보였다. 그는 민간요법으로 사용하던 약초가 암에 잘 듣는 것을 발견했다고 신약 허가를 받기 위해 어느 유명 대학 연구팀과 협력하여 작성한 자료를 제출했다가 부적합 결과를 받고 달려온 것이다.

어느 나라에서나 신약으로 허가받기는 쉽지 않다. 약초 성분을 추출하여 복용이 아닌 주사제로 사용할 경우, 단일

성분과 달리 체내에 들어가 더 위험한 결과가 나타날 수도 있다. 효력 실험뿐 아니라 부작용 실험도 간단한 문제가 아니다.

그날은 네모난 창에 회색 하늘이 가득했다. 열려 있는 사무실 문틈 사이로 하늘색 닮은 회색 옷이 흔들렸다. 한 젊은 남자가 들어왔다. 구겨진 바바리 차림의 그는 멀리서 왔는지 피곤해 보였다. 미간을 찡그린 표정 속에 불만스러운 기색이 역력했다. 주변을 둘러보던 그가 나를 먼저 보고 놀란 듯 얼른 다가와 손을 내밀었다.

"앗, 선배님이 여기 계셨습니까?"

"어! 교수님, 안녕하세요? 이렇게 일찍 웬일이세요?"

그는 더부룩한 머리를 긁적이며 어색한 미소를 지었다. 그가 비시시 웃자 일자로 금을 그은 듯 눈이 작아졌다. 훤칠한 키에 얼굴은 태운 듯 검고, 성격이 털털한지 구겨진 바바리 밑으로 주름 없는 바지도 헐렁했다. 그래도 키가 큰 그에게 연회색 바바리가 잘 어울렸다.

대학원 시절 전공은 달랐지만 특강 시간에 가끔 본 적이 있는 그가 들고 온 서류를 내밀며 말했다.

"제가 박 사장님과 협동으로 이 항암제를 개발하는 데 참여했습니다. 그래서 무슨 문제가 있나 해서요."

처음 이 방에 들어올 때 보인 불만스러운 표정과는 사뭇 달라져 있었다.

"아! 이 제품을 교수님 연구실에서 실험하셨군요."

"네, 선배님."

"음, 여러 문제가 있습니다. 실험 농도에 따른 그룹 수도 적고 그룹마다 개체 수가 너무 적어요. 그리고 각 결과치가 유의성이 없습니다."

자세히 지적하자 서류를 함께 들여다보던 그가 얼른 말을 이었다. 문제의 심각성을 알아차린 듯했다.

"선배님, 잘 알겠습니다. 사실은 제가 그동안 미국에 갔다가 최근에 돌아와서 이 실험에 제대로 참여하지 못했습니다. 다시 돌아가서 검토하겠습니다."

"네, 그래 주시면 좋겠습니다."

그는 굳은 얼굴로 깍듯이 인사하고 바바리를 여미며 문을 나갔다. 문제점을 단박에 시인한 그는 과학자로서 자존심이 강한 것 같았다. 바바리코트의 뒷모습이 꽤 괜찮아 보였다.

며칠 후 박 사장이 다시 찾아왔다. 교수가 와서 반박하면 무사통과할 줄 알았는데 별 소득이 없자 낙심한 그가 하소연 작전으로 바꾸었다. 투자한 돈과 회사의 어려운 형편을 줄줄이 엮었다. 그의 푸념을 듣고 내가 진지하게 말했다.

"사장님, 사정은 알겠는데요, 우리 가족이 암에 걸렸다면 저는 이런 주사제를 줄 수가 없습니다. 우리 가족이 안심하고 쓸 수 있어야 다른 사람도 줄 수 있지요."

그러자 그는 실오라기라도 잡으려는 듯 눈을 반짝이며 바짝 다가왔다.

"김 박사님, 저는 이 주사제를 놓습니다. 우리 가족은 저를 믿으니까요."

"사장님 가족은 믿겠지만 이런 것은 믿음으로 되는 게 아닙니다. 확실한 근거가 되는 논문 자료가 필요합니다. 많은 사람의 생명이 걸려 있는 문제니까요."

그러고는 20세기 최악의 약물 부작용 사건인 탈리도마이드 사건을 들려주었다. 탈리도마이드는 1954년 독일의 그뤼넨탈제약회사에서 진정제와 수면제 용도로 개발한 약이다. 그 무렵 호주의 산부인과 의사가 확실한 근거 자료 없이 그 약이 임산부의 입덧에도 효과가 있다고 광고했다. 광고를 믿은 임산부들이 그 약을 먹었고, 그 결과 6천여 명의 기형아를 출산한 사건이 터졌다. 이 모든 것이 동물실험 및 임상시험이 충분하지 않은 채 만들어졌기 때문이다.

"사장님, 지금은 마음이 급하시겠지만 더 철저히 실험해서 확실한 결과가 있는 자료를 제출하시면 나중에는 그렇게 하길 잘했다고 생각하실 거예요."

그는 약물 부작용 사건 얘기를 듣고 포기한 듯 돌아갔다. 축 처진 뒷모습을 보는 내 마음도 편치 않았다.

해가 바뀌고, 내가 다른 부서로 이동했을 때 그가 보충 실험을 마친 자료를 다시 제출하여 적합 판정을 받았다는 소식을 들었다.

먼 훗날 길에서 박 사장을 만나면 다가가서 말해야지.

'박 사장님, 잘 지내시죠?'

촌지

아들이 초등학교 다니던 시절이다. 그 학교는 많은 교
사들이 근무하고 싶어한다는 나름 유명한 공립학교였다.
이유는 촌지 때문이었다. 그 시절은 촌지 문화가 횡행했
다. 스승의 날에는 두툼한 봉투는 물론 악어가죽 핸드백
을 선물하는 학부모도 종종 있다고 들었다.

어느 날 직장으로 전화가 왔다. 아들의 담임 교사였다.
아들이 학교에서 손목을 다쳐 내과 병원에서 깁스를 하고
집으로 갔다고 했다. '손목을 다쳤는데 왜 내과 병원에 갔
을까?' 궁금했지만 고맙다고 말하고 전화를 끊었다. 그 전
화는 단순히 학교에서 학생이 다쳐 교사가 알려 준 것으
로 짐작했다.

서둘러 퇴근해 집에 가 보니 아들은 반 친구들과 함께 아파트 단지 앞에 모여 있었다. 깁스한 손목을 보자 전화로 들었는데도 마뜩잖았다. 자초지종을 물어도 그냥 계단에서 넘어졌다고만 할 뿐, 긴 설명을 하지 않았다. 그러자 옆에 있던 똘망똘망해 보이는 여자애가 나서서 말했다.

　오전 수업 중 담임 교사가 황당한 질문을 했다고 한다. "너희들은 반에서 선생님이 가장 이뻐한다고 생각하는 학생은 누구라고 생각하니?" 그러자 아이들이 누구요 누구요 하면서 이름을 댔고, 이어서 "그럼 선생님이 가장 미워한다고 생각하는 학생은 누구라고 생각하니?" 하고 어이없는 질문을 했다고.

　교사는 어린애들에게 무엇을 확인하려고 그런 질문을 했을까? 순진한 아이들은 또 누구누구라고 이름을 댔는데, 거기에 아들 이름이 나왔다. 당황한 교사가 아들의 손을 들어올리고 "공부도 잘하고 모범 학생이다"라며 추켜세우기까지 했단다. 그러면서 여자애는 야무지게 몇 마디 더 덧붙였다.

　"선생님은 우리가 다 같이 떠들어도 이상하게 몇 명만 혼냈어요. 그래서 선생님이 특별히 미워하는 학생을 반

아이들이 다 알고 있어요. 그런데 선생님이 아니라니까 자기가 좋아서 까불다가 저렇게 됐대~요."

그리고 그 여자애의 나중 말이 나를 질겁하게 했다.

"아줌마, 학교에 오셔서 우리 선생님 안 만나셨지요?"

당돌하기까지 한 그 아이의 지적이 내 가슴을 요동치게 했다. 애들마저 다 알고 있었다. 부모가 선생님을 찾아봐야 미움을 받지 않는다는 것을.

아들이 부러진 손목을 정형외과가 아니고 동네 내과에서 치료했다는 사실이 마음에 걸렸다. 이튿날 큰 정형외과 전문병원에 가서 다시 진료를 의뢰했다. 전문의가 X레이 사진을 여러 장 찍어 보고 처음에 뼈를 잘못 붙였다며 성장하면서 구부러질 거라고 설명했다.

잠시 후 "어머니는 밖에 나가 계세요" 하고 나를 밀어냈다. 두 장정이 양쪽에서 아들을 붙들고 잘못 조치한 손목을 잡아당겨 제대로 맞췄다. 아이의 비명소리가 십 리 밖에서도 들릴 듯 메아리쳤다. 누군가를 향한 나의 분노가 아들의 절규만큼 하늘을 찔렀다.

며칠 지나서 담임 교사를 찾아갔다. 40대 후반쯤으로

보인 그녀는 둥근 얼굴에 구불거리는 파마머리의 평범한 여인이었다. 그녀는 내가 올 것을 예상한 듯 놀라지 않았다. 사고 후 조치하고 알려 주어 고맙다고 깍듯이 인사하고 아이들 가르치느라 수고한다는 말을 덧붙였다. 말끝에 왜 다치게 됐는지 친구들을 통해 들었고, 처치한 손목을 정형외과에서 다시 치료했다고 했다.

아무 말 없던 그녀는 갑자기 딴청을 부렸다. 서랍을 열더니 시위하듯 하얀 알약을 꺼냈다. 아이들 때문에 너무 머리가 아파서 두통약을 매일 먹는다며 보란 듯 고개를 한껏 젖히고 알약과 함께 물을 마셨다. 멍하니 그녀를 바라보았다. 교사직의 자부심은 찾아볼 수 없었다.

나는 그녀에게 무엇을 기대했을까. 그녀가 나와 다른 사고를 한다는 이유로 비난할 수는 없었다. 그렇다면 내 아이가 그동안 받은 불안감과 상처는 누구 책임일까. 교육정책과 교사의 가치관만 문제일까. 우리의 현재는 물론 미래까지 피해자가 되는 것은 누가 책임져야 하는가. 헛된 바람으로 잠시 고민했던 내 마음을 제자리로 돌려놓고 교실을 나왔다.

많은 학부모가 교사에게 촌지를 주는 것은 자기 자식이 특별 대우를 받기보다는 교사에게 부당한 대우를 받지 않게 하려는 것뿐이라고 자기변명을 한다. 그들은 촌지가 갖고 올 파장에 관해서는 관심이 없다. 제 자식의 처우가 우선이고 다른 아이가 받을 상처는 강 건너 불구경이다. 촌지 문제로 부당한 대접을 받고 자라난 다른 아이들의 가슴에 새겨진 상처와 부정적 시각은 누가 책임질 것인가. 내 자식이 우선이라는 이기심 벽 뒤에 숨은 그들은, 사회적 책임 문제에선 어디에 숨을 것인가.

지금 촌지를 주지 못하도록 한 정책은 정말 잘한 일이다. 교사들의 역할은 정말 대단하고 훌륭하다. 그런 만큼 그들은 당당한 사명감으로 자부심을 가질 만하다. 학교에서 묵묵히 본연의 임무를 수행하는 교사들도 정말 많다. 하지만 몇몇 교사들로 인해 훌륭한 교사들이 매도당할 수 있다는 것이 가슴 아프다.

아이들이 가정에서는 물론 학교에서 많이 사랑받고 인정받으며 밝게 자라야 그 나라의 장래가 밝아질 것이라는 사실은 불변의 진리이리라.

제2장 My better half

천 번째 풍선

미국 중서부의 작은 도시 웨스트 라피엣(West Lafayette) 하늘에 알록달록한 오색 풍선이 춤을 춘다. 하늘 가득 천 개나 되는 풍선이 넘실거린다. 하늘을 빼곡히 채웠다. 모든 이들이 폭죽을 터트리며 즐거워한 그날은 잊지 못할 잔칫날이었다.

80년대 중반, 남편은 제약회사에서 연구소장으로 일했다. 마침 다니던 회사 추천으로 박사후과정(postdoc.) 연수차 장기 출장을 가게 되었다. 약학대학을 졸업하고 대학원에서 유기화학전공으로 학위를 받은 남편은 미국 퍼듀대학의 H. C. 브라운 박사와 함께 일하기로 했다.

그해 8월, 우리 가족은 새로운 환경에 대한 호기심 반

불안한 마음 반으로 떠났다. 시카고에서 비행기를 내려 고속버스를 타고 남쪽으로 네 시간 넘게 달렸다. 광활한 평야에 물결같이 넘실대는 옥수수가 바람에 따라 연신 고개를 주억거리며 환영해 주었다. 미 중서부 인디애나 주에 있는 조용한 시골 마을 웨스트 라피엣에 도착했다.

브라운 박사는 1979년 67세에 노벨 화학상을 받은 분이었다. 그는 전형적인 중동인 모습의 유대인으로 몸집은 물론 눈, 코도 크고 얼굴도 우람했다. 하얀 머리카락은 파마한 것같이 곱슬곱슬했다.

'사라'란 이름을 가진 키가 자그마한 그의 부인은 표정이 푸근하고 다정했다. 그녀는 가슴이 얼마나 큰지 서 있는 자세로 고개를 힘껏 숙여도 자기 발끝을 보기 어려울 것 같았다. 그러나 남편을 지극정성으로 내조하는 여인이었다. 어느 날은 자기 남편이 가사일을 전혀 모른다면서 "닥터 브라운은 쓰레기도 버릴 줄 모른다"며 눈을 찡긋거리기도 했지만, 아내의 그런 헌신이 남편으로 하여금 노벨상을 타는 데 중요한 역할을 한 것은 아닐지 싶었다.

퍼듀대학에서는 브라운 박사가 노벨상을 받아 학교의 명예를 높였다는 공로로 큰 건물을 지어 연구자들이 연구에 전념할 수 있도록 특별히 배려해 주었다. 그 연구실에는 좋은 실적을 얻기 위해 각 나라에서 박사들이 모여들었다. 특히 인도인과 한국인이 많았다. 포스닥에 대한 봉급이 짜기로 유명한 유대인이라서 그런지 미국인은 별로 없었다. 하지만 그런 우수한 그룹에서는 시너지 효과로 좋은 업적을 낼 수 있어 그들의 미래는 어느 정도 보장된 편이었다.

남편은 종일 학교에서 실험하고, 저녁 먹고 다시 학교에 가서 자정쯤 녹초가 되어 오곤 했다. 생명의 봄을 기대하며 혹독한 겨울을 견딘 그는 일 년 정도 머물면서 보통 하나 만들기도 힘든 논문을, 세계 유수의 과학잡지 JOC, JACS, Tetra hedron letter에 제1저자로 4편을 투고했다.

안식년을 미국에서 보내려고 온 대학교수 중에는 부지런히 일하며 보람있게 보내는 이들도 있지만, 푸른 잔디에서 골프를 치며 안식하는 교수들도 종종 보였다. 그동안 열심히 일했으니 휴식하는 게 비난받을 일은 아니나, 브라운 연구실에 온 한국인들은 내일의 열매를 위해 쉬지 않고 등 시린 시간을 묵묵히 견디었다. 그래서 브라운 박사는 한국인을 볼 때마다 말했다.

 "Koreans are always welcome!"

 연수 기간이 끝나고 우리는 한국에 돌아왔다. 다음 해 미국의 그 연구실에서 큰 파티를 열기로 했다는 소식이 왔다. 브라운이 비서를 통해 남편에게 초대장을 보낸 것. 그동안 브라운 박사 연구실을 거쳐간 많은 연구자들의 논문 수가 천 개가 되었다고 한다. 거기에 남편의 논문 4편이 올라갔다. 브라운 교수 업적 중 천 번째 논문 저자가 남편이 되었으니 파티에 참석해 달라는 초대장이었다.

 그의 풍선은 네 개가 됐다. 천 개의 풍선에 매직으로 각각 논문 저자의 이름을 적어 하늘로 올린다고 했다. 하늘에 떠 있는 천 개의 풍선. 운 좋게도 '천 번째 주인공이라니!' 논문을 천 개나 만든 그 연구팀도 대단하지만 천 번째 주인공이 된 것 또한 행운이었다. 기회의 화룡점정이었다. 여러 사정 때문에 직접 참석할 수는 없었지만, 그 희소식은 힘들었던 시절을 떠올리게 했다.

 그 시절 나는 '미국' 하면 다 좋을 줄 알았는데, 다 좋은 것은 아니었다. 아이들도 우리도 적응해야 했다. 그곳

은 주로 백인들이 사는 학교촌이었다. 처음에는 스쿨버스에서 철없는 백인 아이들이 머리가 까맣고 피부색이 다른 우리 애들을 놀려대기도 했다. '너희들 나라로 가라고!' 참고 고비를 넘겨야 했다.

다른 어려움도 슬며시 다가왔다. 새로운 환경과 소통하기 힘든 사람들, 책임지고 해내야 할 일들, 부모나 친구조차 없는 무인도에 떨어진 가혹한 느낌이 밤마다 얼크러졌다.

거기다 엉뚱한 일까지 덮쳤다. 불행하게도 그 당시에 취득한 내 운전면허는 장롱면허였다. 준비는 야심 찼으나 남의 나라에서 무모하게 액셀을 밟을 수 없었다. 사고의 전주곡이 귀에 울렸다. 시내버스는 정류장에서 한참 졸다 보면 한 번씩 왔다. 어쩌다 타면 90세쯤 되는 꼬부랑 할머니 서너 분이 앉아 있었다.

미국 시골에서는 자동차가 곧 자기의 발이었다. 운전을 못하는 건 걸어 다닐 다리가 없는 것과 마찬가지였다.

내가 출근하는 약학과 빌딩이 남편의 화학 빌딩과 이웃해 출퇴근을 늘 같이했다. 나는 그 당시 다니던 대학원에서 박사과정을 수료한 상태였다. 남편 따라 미국에 간 김에 그곳에서 논문을 만들기를 원했다. 마침 약학대학생화학실의 독일계 하인스타인 교수와 같이 일할 기회가 생겼다. 좋은 기회라고 생각했다.

처음에는 매 순간이 호기심으로 활기찼다. 학교도, 마트도, 아주 사소한 이쑤시개 하나 필요할 때도 같이 움직여야 했다. 서서히 필요한 것이 있을 때마다 그를 쳐다봤다. 난 점점 망설였고, 주눅들었고, 휠체어를 탄 내가 상상됐다. 남편이라고 다를까. 어깨가 무거웠던 그는 모든 기준과 시선이 자기에게 고정되기를 원했다.

똑같이 반복되는 시간과 공간 속에서 문제점이 자라고 있었다. 부부가 서로 다른 문화권에서 살고 있었다. 상대가 품고 있는 속내를 읽지 못했다. 부부가 24시간 같이 있는 것이 천국이라고 누가 말했던가. 거리두기가 필요했다. 어느새 서로 피해자라고 여기게 되었고, 멈춤이 시작되었다. 멈춤. 관심의 멈춤, 대화의 멈춤, 시선의 멈춤. 때로는 가볍게, 어떤 때는 심장이 멈출 만큼 조용했다.

남들 앞에서는 최고의 지성인 페르소나로 썩은 미소를 날리고 돌아서서는 침묵했다. 무딘 마음이 부러웠다. 억지로 되는 건 아니었다. 각자 상대방 속에 자아가 너무 커서 서로 들어갈 자리가 없었다.

그가 만든 그늘 속에서 나는 숨을 쉴 수 없었다. 한 줄기 빛을 찾다 지쳐 한계에 다다랐을 때, 오직 모든 것을 선으로 이루고 피난처 되리라 약속하신 언약이 찾아왔다. 그것은 침묵 중에 섭리하심이었다. "네가 고통으로 힘들어할 때 나도 십자가를 지고 피 흘리고 함께 걸어가고 있다. 네게 이런 고통이 없었다면 나를 찾았겠느냐" 하는 내면의 소리가 들려왔다. 하나님은 나만 사랑하시는 것이 아니라 그도 사랑하셨다. 묵상의 시간이 흐르고 침묵의 물꼬가 터지기 시작했다.

그 후 남편은 좋은 결과를 만들었고, 우리는 아이들 방학을 이용해 자동차 지붕에 캐리어를 싣고 넓은 대륙을 지도를 찾아가며 돌아다녔다.

천 번째 풍선은 그렇게 아픔을 견딘 선물이었다. 천 번째 풍선에 적힌 남편의 이름 밑에, 소우주에서 있었던 멈추었던 사연을 빼곡하게 레이저로 새겨 하늘 높이 날려보냈다. 그 풍선에 새겨진 사연은 내가 다른 차원으로 성장하는 계기가 된 아름다운 문신이었다.

영화 속 주인공

오래전 토요일 밤, TV에서는 주말 영화 〈황야의 무법자〉가 방영되고 있었다. 영화 속은 으레 그렇듯이 악당 왕초가 술집에서 짙은 화장을 한 여인 옆에 앉아 술을 퍼마시고, 그 악당의 졸개들이 술에 취해 무질서하게 늘어져 있는 모습. 악당들은 마을 사람들의 땅을 착취하려고 술수를 벌이는데, 그곳을 지나가던 명배우 '클린트 이스트우드'가 마을 사람들을 위해 목숨 걸고 투쟁하면서 정의의 선봉 역을 하는 진부한 내용이었다.

그날따라 평소 영화를 잘 보지 않는 남편이 웬일로 옆에 앉았다. 명배우 주인공 이름을 1도 모르는 남편은 조금 보다가 지루해하더니 일어나며 중얼거렸다.

"저 주인공은 꼭 나 같네."

그 소리에 크읍~ 하는 콧바람이 나도 모르게 나왔다. 왠지 그냥 웃음이 나왔다.

다음 날 일요일 오후. 우리가 사는 신사동 주택가 길 쪽에서 왁자지껄하는 소리가 났다. 마당으로 내려가 대문을 열고 내다봤다. 도산공원 담길 쪽에서 남편 목소리가 들렸다. 그가 골목길에서 어느 여인과 논쟁하는 듯 보였고 길 가운데 자동차 두 대가 삐뚜름이 입을 맞추고 있었다. 남편이 집 앞 골목길에서 차를 타고 나가다가 다른 방향에서 오는 차와 접촉사고가 발생한 것.

상대편 여자는 남편의 논리적인 설명에 기가 죽은 것 같았다. 점잖은 차림새의 그 여자는 내 나이 또래였고, 말투도 온화해 보였다. 그녀는 미처 골목길에서 나오는 차를 못 봤으나 자기가 온 길이 직진이니 먼저 지나갈 수 있는 게 아니냐고 나에게 애타게 설명했다. 남편은 나를 철저한 아군으로 생각하고 의기양양하게 쳐다보고 있었다. 자초지종을 듣고 나는 작은 소리로 남편에게 물었다.

"쌍방이 잘못한 것 아니유?"

"내가 먼저 진입했으니 저쪽에서 천천히 오든지 서야지. 근데 그냥 부딪친 거야."

"당신이 먼저 저 차를 봤다며?"

"봤지. 그런데 저 차가 멀리 있었거든."

"운전 잘하는 당신이 먼저 정지했으면 좋았을 텐데."

내가 예상 밖의 태클을 걸자 남편은 당황했는지 얼굴이 경직되었다.

그는 무슨 사건의 실마리를 캐려는 검사 같았다. 더는 나를 상대하지 않으려 했다.

"아무튼 저쪽에서 전방 주시 의무를 게을리한 거라구."

"에이, 서로 각자 수리하면 되겠네."

"돈이 문제냐? 옳고 그른 것을 따져야지."

"원칙만 따지지 말고, 대충 넘어가요."

"교통법을 모르면 가만히 있어. 당신은 집에 들어가라니까."

그가 강하게 주장할 때는 누구의 조언도 소용없고 그곳에 들어갈 틈이 없는 걸 잘 아는 나는 몇 마디 깐족거리다 어제 같이 본 영화가 생각나 한마디 덧붙였다.

"당신, 어제 〈황야의 무법자〉 주인공이 당신 같다면서?"

내 말을 황당한 듯 멍하게 듣던 남편을 뒤로하고 집으로 들어와 버렸다.

삼십여 분 후 나가 보니 아까와 다르게 잘 마무리 짓고 있었다. 분위기가 훈훈했다. 그 여자는 느낌으로 이미 알고 있는 듯 내게도 감사하다며 두 번이나 인사하고 사라졌다.

나는 남편이 착각이라도 영화 속 주인공을 선택한 것에 웃음이 나왔다. 마음은 아직도 자기가 잘했다고 생각하고 있었을지 모르지만, 그 서부 영화 속 졸개 같은 악당이 되고 싶지 않았던 것 같았다.

그가 중얼거렸다.

"그 여자가 진짜 잘못한 건데, 오늘 운 좋았다."

"당신, 오늘 서부 영화 주인공 같은데?"

내 놀림에 그는 의미 모를 웃음을 지었다. 남편이 순진한 건지 아니면 순진한 척하는 건지 그 웃음의 의미는 미지수다. 착각이라도 한 편의 진부한 영화가 남편이 평화적인 선택을 하는 데 영향을 준 것은 확실한 것 같았다.

한 권의 책으로 인생이 송두리째 바뀔 수 있는 것처럼 영화 한 편으로도 그런 것 같다. 그 안에서 나를 보고 너를 보는 것이다. 영화 제작자가 쾌락을 추구하는 공상 영화뿐 아니라 가슴을 울리는, 닮고 싶은 인간성을 표현하는, 조금씩이나마 인간성을 순화시키는 영화를 많이 만들기를 기대해 본다.

괄낭무구(括囊無咎)

　　퇴직한 뒤로 시간이 많아졌다. 뒤늦게 요리하는 것에 재미가 붙었다. 유튜브에 올라 있는 그럴듯한 요리 조리법이 눈에 들어왔다. 시장에 가서 여러 가지 신선한 재료를 찾아 준비했다. 고기를 소금과 후추로 간하여 재우고, 메모한 노트를 들여다보며 순서대로 정성들여 만들었다. 각종 채소의 울긋불긋한 총천연색이 그대로 살아나 보기에도 먹음직스러웠다. 만들면서 군침이 꼴깍 넘어갔다.

　　점심상을 차리고 식사를 시작한 남편에게 '료리'라는 과장된 표현을 써가며 물었다.

　　"여보, 오늘 내가 새로 만든 이 '료리' 어때?"

　　"료리? 음, 먹을 게 그것밖에 더 있어?"

'혹시나' 하고 기대했던 나는 얼굴을 찌푸렸다. 죽고 사는 것이 혀의 권세에 달려 있음을 망각한 그에게 훗날을 기약하기로 했다.

훗날은 바로 몇 시간 뒤에 왔다. 저녁 식탁에 찬밥 한 덩어리와 신김치 한 접시, 김 한 통을 올려놓았다. 반찬의 과감한 변신. 점심때 더부룩하던 속이 어느 틈에 사이다 마신 듯 시원해졌다. 밥상을 보고 남편의 단춧구멍 같은 실눈이 무슨 일이 있냐는 듯 왕방울 눈이 되었다. 나는 고개를 돌려 가느다란 실눈을 만들며 회심의 미소를 지었다.

주역에 "말주머니를 잘 여미면 허물이 없다"는 뜻의 '괄낭무구'란 말이 생각난다. 남편이 말주머니를 잘 여몄으면 저녁 밥상에 김치와 김 쪼가리만 올라오는 일은 없었을 터. 그러지 못한 덕분에 카리스마 있는 저녁상을 받았다. 입이 화근이다.

그러나 상처를 줄 것 같은 말인데도 심금을 울리는 말도 있다. 윤세진이 지은 《언어의 달인 호모 로퀜스》에 있는 글은 나를 미소 짓게 한다.

어느 소설가의 고백을 들어보자. 그는 등단한 지 얼마

지나지 않아 누군가로부터 전화 한 통을 받았다고 한다.

"저 혹시 ○○년도에 ○○여고 졸업한 분 맞나요?

"네, 맞는데요."

그 순간 전화기를 통해 울려오는 소리.

"야, 이년아! 너 맞구나. 나 ○○야!"

'이년아'라는 말을 듣는 그 순간 작가는 눈물이 왈칵 솟아오르면서 '이년아'라는 말이 이렇게 아름다울 수 있구나, 하는 생각을 했다고 한다.

저 여인의 말주머니는 상당히 적나라하다. 작가는 욕을 듣는 순간 그 속에서 눈물나게 반갑고 아름다운 사랑을 느꼈다고 했다. 욕에 담긴 깊은 뜻을 헤아릴 줄 아는 저들의 관계가 녹진해 보인다. 거친 말인데도 눈물나게 반갑고, 별 뜻 없이 지나가는 소리인데도 가슴에 상처가 되기도 하니 말이란 참 요물이다. 말에 실수 없기가 얼마나 어려운지를 강조하는 말로는 다음 글이 와 닿는다.

"우리가 다 실수가 많으니 만일 말에 실수가 없는 자라면 곧 온전한 사람이라 능히 온몸도 굴레 씌우리라."

이 글은 성경에 있는 말이다. 군함 같은 거대한 배도 조그마한 '키' 하나로 세계 곳곳을 누빈다. 하늘을 나는 무쇠 덩어리 항공기도 작은 '방향타'로 조종사가 어디든지 가고 싶은 곳을 갈 수 있다. 사람 입 안에 있는 세 치 '혀'로도 사람을 죽이기도 하고 살리기도 하니 '혀'라는 실체는 대단하다. 아니 말이란 게 대단한 것.

그 혀를 잘 다스리면 완벽한 사람이 된다고 한다. 온전하게도 하고 망신도 시키는 혀를 잘 관리하라는 의미로 혀 주변에 치아로 둥근 성벽을 빼곡히 쌓고, 그것도 모자라서 위아래 철퍼덕 닫히는 입술을 만들어 혀를 굳게 지키도록 문을 만들었나 보다.

지난밤 TV조선 9시 뉴스 '앵커의 시선'에서 신동욱 앵커가 요즘 세태를 신랄하게 평하다가 입과 혀를 풍자한 시구를 소개했다. 바람보다 빠르게 일어나 찾아보았다. '풍도(馮道)'는 중국 역사에 가장 난세였던 혼란한 시기에 다섯 왕조의 재상이었던 사람. 그가 지은 시를 읊었다.

"입은 재앙을 불러들이는 문이요, 혀는 내 몸을 베는

칼이다. 입을 다물고 혀를 깊이 감추면 가는 곳 어디에 있든 지 간에 몸은 편안하리라."

말하는 혀를 과감하게 몸을 베는 칼로 표현하다니, 이보다 더 격렬한 강조가 있을까. 나 자신도 남의 말 한마디에 상처를 입기도 하고, 남에게 상처를 준 적도 있다. 자신도 모르는 사이 무심코 뿌린 말의 씨가 어디선가 뿌리를 내렸을지 두렵다. 그렇다고 말을 안 하고 살기는 더욱 어려운 것 같다.

친정어머니가 고관절 수술 때문에 집에서 가까운 병원에 입원하셨을 때다. 명절이라 간병인 교대를 해야 해서 부득이 내가 병원에서 밤을 새우기로 했다. 이른 새벽에 필요한 것을 가지러 집으로 갔다. 도착해서 현관문을 열려고 비밀번호를 누르니 문이 안 열렸다. 늘 비번으로 문이 열렸는데, 여러 번 시도했으나 문이 이중으로 잠겨 있었다. 할 수 없이 초인종을 눌렀다. 남편이 자다가 덜 깬 눈으로 문을 열어 주었다. 미안한 마음으로 쳐다보며 말했다.

"안 깨우려고 했는데… 보조 자물쇠를 잠갔나 봐."

"……."

"웬일이지? 무슨 일 있었나?"

"당신 없으니… 무섭더라."

무섭다고? 생전 그런 일이 없었는데 이제 나이 드니 아내가 곁에 없으니 무섭다고 한다. 며칠 전에는 개념 없는 말로 내 속을 긁어 놓더니 간밤에는 아내의 부재가 크게 느껴졌나 보다. '당신이 없어 무섭다'는 지극히 평범한 그 말을 듣고, 지난번 그가 툭 뱉은 한마디에 내가 발딱 심술 부린 밥상이 떠올랐다.

말은 마음을 담는 그릇, 그의 무심한 말 한마디에 응대한 내 그릇은 간장 종지 정도 아니겠는가. 오늘따라 서 있는 그의 처진 어깨가 사뭇 작아 보였다.

그를 물끄러미 바라보다 빙긋이 웃었다. 그도 나를 따라 피식 웃었다.

오지랖 집사

어린아이는 호기심이 많다. 그래서 늘 '왜?'라는 질문을 달고 산다. 우리 집에는 호기심 많은 어른이 있다. 호기심의 대가인 남편은 끊임없이 눈에 보이는 모든 게 그의 관심사다.

젊은 시절 그가 군대 있을 때 일이란다. 군에서 지급한 소총의 내부구조가 궁금해서 한밤중에 기어이 소총을 분해했는데 다시 원상태로 조립해 놓으려니 잘 안 되더라고. 그래서 큰일났다 싶어 밤새도록 남의 소총을 몰래 가져다 분해하고 조립하고 여러 번 시도 끝에 간신히 성공하니 날이 새더라고 했다. 군대에서 소총을 분해해 보는 사람 어디 흔한가. 그런데 호기심으로 끝나지 않고 오지랖으로 이어진다.

　남편의 오지랖은 늘 넘친다. 가끔 지나치다 못해 난처한
상황까지 간 적도 있다. 압구정동에 살 때 일이다. 어느
날 외출했던 그가 투덜거리며 들어왔다. 방금 밖에서 어
이없게 당한 얘기를 분한 듯 침을 튀기며 털어놨다.

　차를 타고 가다 동호대교 남단 현대백화점 사거리에서
신호 대기 중, 앞에 멋진 외제 스포츠카를 탄 젊은이가
뻘건 불이 남아 있는 담배꽁초를 차창 밖으로 휙 던졌다
고. 참지 못한 남편이 차에서 내려 잔소리를 했고, 그 젊
은이는 사과는커녕 "당신이 내게 담배 사 준 적 있냐"며
덤볐다고 한다. 옥신각신하다 두 사람은 성수대교 사거리
부근 압구정 파출소까지 갔다. 결국 별 소득 없이 요즘 세
태만 한탄하다 돌아왔다. 파출소에서 젊은 경찰이 한 말
은 그를 더 기함하게 했다.

　"어르신, 요즘 저런 골치 아픈 젊은이들이 많습니다. 자
기 아버지 배경 믿고 안하무인인데 절대 고치지 않아요.
그냥 지나가시는 게 건강상 좋습니다."

　남편이 내게 동조를 구하는 것을 알고 있었지만, 파출

소까지 간 일은 마땅치 않았다. 그의 좋은 의도를 알기에 뒤틀린 심사를 애써 눌렀다. 내가 아무리 싫은 표시를 해도 그의 오지랖은 요지부동이다. 게다가 오지랖으로 끝나지 않고 모든 판단을 본인 기준에 맞추려고 해 마찰이 생긴다. 황소고집인 남편에게 바라는 것은 더 이상 문제가 없기를 바라는 마음이기에, 존 그레이의 말처럼 나와는 다른 화성에 사는 남자와 충돌하지 않으려면 눈 감고 모르는 척 넘어가야 했다.

우리 부부는 퇴직하고 10여 년 전 서달산 자락으로 집을 옮겼다. 남편은 자연과 함께 공존하는 길이 인간의 사명이라고 생각한다.

그는 7년째 이곳에 사는 길고양이 20여 마리에게 밥을 주고 있다. 덕분에 고양이 밥을 주는 집사가 되었다. 나도 처음 3년 동안은 같이 나갔지만, 요즈음에는 가끔 따라간다. 아침에 일어나면 고양이 때문에 일기예보를 점검하며 하루 일과를 시작한다. 저녁에는 전기 자전거 바구니에 갖가지 모양의 사료와 여러 맛의 통조림을 가득 싣고 묵묵히 해 떨어지기 전에 나간다. 준비한 먹이와 물도 공급하지만 잘 곳을 들여다보고 아픈 고양이는 준비해 간 약을 통조림에 섞어서 먹이기도 한다. 그렇게 돌아보고 난 후 깜깜해지면 돌아온다.

고양이를 위해 해야 할 일은 사료 공급 외에 부수적인 게 훨씬 많다. 사계절 비 온 뒤에 비설거지는 필수다. 여름에는 악착같이 사료에 달라붙는 개미, 또 물어뜯는 모기가 골치다.

추워지면 스티로폼 같은 재료를 구해 와 재단해서 잠잘 곳을 만들고, 눈이 오면 길에 뿌린 칼슘 클로라이드를 고양이가 밟아 핥으면 좋지 않을까 걱정되어 새벽 일찍 나가 여기저기 눈을 쓸어 준다.

엄동설한에는 얼어붙은 물을 교환해 주고 헌 옷가지나 따뜻한 팩도 넣어 주고 살펴볼 일이 더 많다. 고아원 원장도 이보다 할 일이 많을까 싶다.

또한 길고양이 건강 상태를 철저하게 관리해 준다. 결석한 놈은 두꺼운 수첩에 매일 기록한다.

대학에서는 약학을, 대학원에서는 유기화학을 전공한 그는 반 수의사다. 눈병 난 놈은 인공눈물로 닦아 주고, 가벼운 상처는 직접 치료해 주지만, 심하게 다친 놈은 병원에 데려간다. 병원에 입원시킨 놈 면회까지 간다. 제일 중요한 작업으로, 성묘가 된 '고양이 중성화시키기 작전'은 계절에 맞춰 철저하게 무슨 007 첩보작전같이 한다.

휴일에는 얼굴 보기 힘들다. 고양이 다니는 길목에 자란 무성한 잡풀과 가시 많은 찔레나무를 손질하러 나간다. 그는 산책이나 운동하러 갈 때도 늘 작은 낫을 가져가 나무를 에워싼 덩굴식물들을 제거해 준다.

그리고 고양이 털도 빗겨 주고 잠시 놀아주기까지 한다. 아내에게 그 십분의 일만이라도 하면 좀 좋으련만, 차별 대우가 보통 심한 게 아니다. 내가 고양이를 좋아하길 망정이지.

비가 오나 눈이 오나 매일 나가는 게 힘들지만, 그래도 자신이 나타날 때 멀리서 힘껏 달려오는 고양이를 보면 너무 반갑다고. 그래서 보람 있다고 한다. 그가 길고양이 나라에서 국회의원에 출마하면 1등으로 당선될 것이 틀림없다. 먹은 놈이 물 켠다고, 본인이 길고양이에게 거액을 투자하고 있으니 고양이들이 어찌 안 찍겠나!

그의 고양이 돌봄 전용 전기 자전거에는 언제나 낫과 개똥이나 쓰레기를 주우려고 준비한 비닐봉지가 들어 있다. 그리고 오지랖 넓게 동네 반장같이 참견한다.

"커피 마신 빈 통을 거기다 놓고 가면 안 되지요. 개똥을 그냥 두면 안 됩니다. 봉지에 싸서 가지고 가세요. 개줄 안 묶으셨군요. 고양이에게 위협이 됩니다."

그의 끊임없는 지적과 오지랖 덕분에 주변은 깨끗해졌고, 동네 길고양이도 허기에 시달리지 않는다. 그의 발은 무지 강박증으로 발가락 통증이 매우 심하다. 진통제를 입에 털어넣으며 저녁마다 길고양이 사료를 주섬주섬 싸서 나가는 그에게 말한다.

"동네 주민들과 오늘은 별 탈 없겠지유?"

"……."

그가 내 말에 전혀 개의치 않는다는 것을 잘 알고 있다. 가끔 길고양이를 홀대하는 사람들에게는 까칠한 그가, 길고양이들에게는 그렇게 다정할 수가 없다. 고양이 배식이 끝나면 최애 길고양이 뚱보, 똘똘이와 특별히 시간을 더 보낸다.

집에 갈 시간이 되어 일어서면 그놈들이 계속 따라오려고 한다고. 놈들에게 "안돼!" 하고 돌아서는 그 순간은 가슴이 찡하다고 하는 사람. 돌보는 길고양이가 다쳤을

때는 병원에 입원시켜 놓고 병세가 궁금해서 매일 병문안 가는 사람. 그런 일 말고도 다른 집들은 국경일에 왜 태극기를 걸지 않느냐고, 몇십 년을 한결같이 투덜거리는 사람. 가까운 친구가 몸이 아파 병원에 가면 밤새도록 그 증세에 대해 자료를 찾아보고, 그의 보호자로 따라가서 주치의한테 환자보다 더 꼬치꼬치 질문하는 사람. 그는 마음이 약하기도 하고 강하기도 하다.

오늘도 길고양이 주려고 사료 보따리를 챙겨 나가는 그를 배웅하며 응원한다.

"오지랖 집사, 파이팅!"

제3장 집사의 마음

지옥에 갔다 온 참새 모자

아파트에서 살던 우리가 잠시 이사 가려고 한 집은 강남구 논현동의 낮게 비탈진 곳에 있었다. 대문을 여니 흙냄새가 났다. 3층으로 된 빌라 1층은 아래층이라 집 안이 좀 어둡고 단열상태가 완벽하지 않아 겨울에 조금 추울 것 같았지만, 마음을 사로잡은 건 나무가 보이는 정원이었다.

이름도 '도원빌라'라고, 복숭아꽃이 만발한 정원, 눈을 감으니 복숭아꽃이 아른거렸다. 그런데 정작 이사를 가고 보니 마당에 복숭아나무는 한 그루도 없었다.

담벼락 쪽에는 잘 손질해 놓은 굽은 소나무가 있었다. 그 바위 밑에 이끼가 보였다. 소나무 바로 밑에는 페티코

트를 입은 듯 봉긋 봉오리를 맺은 철쭉꽃들이 들러리로
진을 쳤다. 뒤뜰 코너에는 작은 정자가 있었다. 옆집 시선
을 의식해서인지 서향 쪽으로 잣나무를 빼곡히 심어 나무
는 마치 병졸들 같았다. 잣나무 앞쪽으로는 커다란 김칫
독들이 땅속에 주둥이만 남기고 일렬로 묻혀 있었다.

안에 들어가 보니 베란다를 툭 터서 거실이 무척 넓었
다. 거실 창은 바닥까지 통유리로 되어 있고 바깥쪽에 머
위가 두어 포기 보였다. 그 머위는 건물 벽에 뿌리를 박고
바람이 불 때마다 창 안을 넘봤다. 한 발만 내디디면 흙마
당이었다. 집 안에 앉아서 흙냄새를 맡을 수 있다니!

설렘이 가장 큰 놈은 고양이 똘이 녀석이었다. 러시안
블루 종인 회색 고양이 똘이는 새끼 때 지인한테서 분양
받았다. 소심하고 부끄러움이 많은 그놈은 그릇에 담긴
물을 먹지 않고 매번 주방 싱크대에 올라가 핑크빛 혓바
닥을 내밀어 흐르는 수돗물을 홀짝거렸다. 이사 오고 처
음에는 정원에 피어 있는 꽃을 바라보며 목을 쓱 빼고 탐
색했다. 차츰 조심스레 한발 나가서 바로 창문가에 앉았
다가 들어오곤 했다. 조금씩 자기 영역을 넓혀 나갔다.

두어 주 지난 후부터 정원에 있는 바위에 올라앉기도 하고 꽃잎을 질겅질겅 씹기도 했다. 그즈음에 참새 두어 마리가 왔다 갔다 하는 게 보였다. 소나무 낮은 가지에 주스통을 잘라 새집을 두세 개 달아 놓았다. 아침마다 그 통에 새 모이와 물을 가득 채워 주었다.

6개월쯤 지나니 서울 강남 한복판에 참새들이 수십 마리, 아니 백여 마리가 아침마다 와서 모이를 먹고 가는 진풍경이 벌어졌다.

참새를 뚫어지게 쏘아보는 똘이의 눈빛이 예사롭지 않았다. 유리창 너머로 구경만 하다가 급기야 소나무 아래 땅에 떨어진 모이를 먹는 참새를 노리며 궁둥이를 요리조리 흔들다가 냅다 달려 나갔다. 번번이 헛몸짓만 쓰다가 성공하지 못한 게 멋쩍은지 들어와서는 까칠한 혀로 제 몸을 썩썩 핥아대기 일쑤였다.

재잘대는 참새 소리에 눈을 뜨는 아침에는 "좋은 아침!" 이란 소리가 절로 나왔다. 그동안 사계절을 느낄 겨를도 없이 살았다. 이제 시간에서 해방되어 새소리에 눈을 뜨고 꽃바람에 취해 나도 고양이도 호사를 누리고 있었다.

그런데 거실에서 느긋이 차를 마시고 있는데 똘이가 밖에
서 거실 안으로 폴짝 넘어왔다. 입에 뭔가 물고 있었다.

"너, 입에 뭐야? 보자! 아니 그게 뭐고?"

못 먹을 것을 입에 넣은 줄 알고 붙들었다. 물고 있던 것
을 거실 바닥에 뱉었다. 작은 참새였다. 고양이들은 주인

에게 자기가 잡은 것을 선물한다고 듣긴 했으나 마땅치 않았다. 조심스럽게 살폈다. 상처는 없었다. 죽은 것같이 두다리를 쭉 뻗고 눈은 감겨 있었다. 나무 위에는 어미인 듯한 몸집이 조금 큰 참새 한 마리가 왔다 갔다 하며 시끄럽게 울어댔다. 그 많던 다른 참새는 다 날아갔다.

손으로 참새를 집어들자 똘이는 계속 따라다니며 달라고 옹얼댔다. 선물은 무슨. 참새 가슴이 발딱발딱 움직였다. 고양이를 보고 놀라 제풀에 기절한 것일까. 열린 창 앞에서 기절한 참새를 손바닥에 놓았다. 몸이 따뜻했다. 나무 위 참새는 쉬지 않고 집을 바라보며 울어댔다. 화가 잔뜩 난 것 같았다.

"투르게네프의 어미 참새는 새끼 주변에서 달려드는 개를 향해 새끼 참새를 지키려고 몇 번이고 온몸을 부딪치며 공격했다는데, 저렇게 울어대는 걸 보니 쟤는 분명히 네 어미일 거야."

"저기서 네 엄마가 통곡한다. 정신 차려라 얘야."

"참새야, 너 죽은 거 아니야. 여기 고양이 없다. 얼른 일어나. 이제 괜찮아, 괜찮아."

혼자 연신 중얼거리며 오른쪽 검지로 배를 부드럽게

문질러 주었다. 오 분쯤 지났을까, 닫혔던 새끼 참새의 눈이 열렸다. 나와 눈이 마주쳤다. 순간 깜짝 놀라 가느다란 두 발을 버둥댔다. 고개를 휙 돌리더니 멀리서 울어대는 참새 방향을 향해 총알같이 날아가 버렸다.

참새를 빼앗긴 고양이는 화가 단단히 났는지 귀를 뒤로 바짝 세우고 어느 틈에 나가 버렸다. 신통하게도 그렇게 애타게 울어대던 참새도 더 이상 안 보였다.

기절했던 새끼 참새는 어미 새에게 날아가서 뭐라고 얘기했을까? 그 동네가 술렁거릴 텐데. 어미 새는 고양이에게 잡혔다가 어떻게 살아오게 된 건지 채근했겠지? 지옥에 가서 염라대왕 만나고 살아왔다고 허풍을 떨지는 않았을까? 도원빌라 삼신 할매가 자기 배를 슬슬 쓰다듬으며 수리수리 마수리 주문을 해서 기적적으로 살아 돌아왔다고 말했을까? 혹시 화가 난 어미 새가 재잘거리는 새끼 참새한테 조심 안 했다고 마구 쪼아대진 않았을까?

새끼 참새만 지옥을 갔다 온 게 아니고, 통곡하던 어미 참새야말로 잠시 지옥에서 천국으로 돌아온 마음이리라.

돌아온 '메이'

아파트 주변을 어슬렁거리는 길고양이들. 남편은 그들에게 필요한 먹이를 주는 집사다. 나는 물이며 필요한 잡동사니를 들고 조수처럼 따라다녔다. 어느 날 40대쯤 된 키가 자그마하고 얼굴이 동그란 여인이 다가와서 잠시 주저하며 자신은 다른 동 11층에 산다고 인사를 했다. 옆에는 초등학생으로 보이는 귀여운 딸이 서 있었다.

"어르신, 제가 부탁드릴 일이 있는데요."

"네? 무슨 일이신가요?"

"제가 어제 어린 길고양이를 잡았는데 중성화 수술을 시키고 싶어서요. 어르신이 이 동네에서 그것을 도와주신다고 해서 찾아왔습니다."

정부에서는 대책 없이 늘어나는 길고양이들의 '중성화 수술' 계획을 세웠다. 동물병원 수의사는 수술 대상인 길고양이를 잡는 일이 만만치 않아 동네 주민이 도와주는 것을 환영했다. 길고양이를 돌보던 남편은 정부 대책을 반기며 적극적으로 나서서 동참하고 있었다.

얼마 후 동물병원 수의사는 남편이 포획 틀로 잡아다 준 여러 길고양이의 중성화 수술을 끝내고 신고 왔다. 그 틀 속에는 11층 여인이 잡아온 고양이도 있었다. 중성화 수술 표시로 한쪽 귀 끝이 조금 잘린 고양이를 받아간 그녀는 여러 번 인사를 했다. 그리고 고양이 이름을 '메이'로 지었다고 했다.

두 달쯤 지났을까, 어느 초겨울날 우리 부부가 변함없이 길고양이들 밥 주는 곳에 갑자기 11층의 그녀가 울상을 지으며 나타났다.

"어르신, 큰일났어요. 우리 메이가 없어졌어요."

"예? 어찌 된 일입니까?"

"엊그제 저녁때 택배 배달원이 와서 현관문을 열어 줬는데 그사이 문 밑으로 메이가 나간 것을 제가 몰랐어요."

그녀는 상황을 설명했다. 호기심 많은 고양이 메이가 주인이 배달원과 말하는 사이 살그머니 현관문을 나섰는데 낯선 주변에 놀라 계단을 따라 12층으로 올라간 것. 거기서 때마침 문이 열린 집으로 무작정 튀어 들어갔다. 그 집 주인은 얼룩덜룩한 동물이 갑자기 튀어 들어오자 놀라서 119를 부르고, 순식간에 소방차가 오고, 소방대원들의 포획 작전이 이루어졌다. 그때까지도 11층 여인은 아파트 1층 현관 입구에 있는 소방차를 내려다보고 '무슨 일일까?' 하면서도 메이가 없어진 것을 몰랐다고 한다. 나간 것을 몰랐으니…. 소방대원들은 고양이를 포획한 후 신고한 주민의 요청대로 데리고 가 버렸다.

얼마 후 한밤중에야 11층 여인이 사태를 알고 소방서에 전화했다. 그들은 돌아가는 길에 우리 동네에서 세 정거장이나 떨어진 본동 공원에 그 고양이를 내려놓았다고 했다. 그 소식을 들은 여인은 깜깜한 넓은 공원에 달려가서 허공에 대고 "메이야, 메이야" 목이 쉴 때까지 불렀다고. 그 사건의 증인이 될 만한 가로등은 뿌연 주황빛만 비출 뿐, 인간의 일에 침묵했다.

그녀가 눈물을 훔치며 하는 얘기를 다 듣고 남편은 휙 돌아섰다. 순간 그의 눈에 불꽃이 일어난 것을 본 나는 그가 소방서로 갈 것을 예감했다. 불안한 마음으로 공원에 가 보자고 선수를 쳤다. 그러나 평소 '서부의 총잡이' 영화를 볼 때마다 그 좋은 놈 주인공이 자기와 같다고 착각하는 남편은, 정의의 총을 허리에 차고 소방서로 냅다 달려갔다. 바라보는 내 가슴이 두근거렸다. 예전에 자동차 창문으로 담배꽁초를 버린 젊은이와 대로에서 실랑이를 벌이다가 파출소까지 갔던 일이 생각났다. 이번에는 소방서 직원과 어디까지 갈 것인가? 경찰서? 법원? 한숨이 나왔다.

소방서 직원은 메이를 공원에 내려놓게 된 경위를 무표정하게 설명하며, 주민이 신고한 고양이가 귀가 잘려 있어 길고양으로 생각했다고 대꾸했다. 넓은 공원에 내려놓았으니 갈 곳 없는 동물에게 은혜라도 베풀었다는 듯 어깨까지 으쓱했다.

흥분한 남편의 삼단 논법식 논리가 시작됐다.

"길고양이가 12층까지 엘리베이터를 타고 올라갔겠냐? 대전제, 소전제의 예를 들어가며 결론적으로 일단 당신이 취해야 할 조치는, 일정한 장소에 가둬 두고 관리실에 알려 아파트 내에 방송을 하든가 주변 동물병원에 잠시 보호했어야 했다"고 일장 연설을 했다. 그리고 "당신은 길 잃은 아이가 남의 집에서 발견되면 잡아다 먼 동네 학교 마당에다 잘 놀고 있으라고 내려놓느냐?" 침을 튀기며 따졌지만 시원한 대답이 나올 리 없었다.

이제 무슨 소용이 있으랴. 길고양이들의 자리 텃세가 얼마나 심한지 모르는 그들은 죄송하다고 사과는커녕 '뭐 잘못된 거 있나요?' 하는 표정으로 지겨운 노인의 잔소리를 참고 있을 뿐이었다.

2주가 지난 어느 저녁때쯤. 11층 여인이 딸과 함께 희색이 만면하여 남편 혼자 고양이 밥을 주는데 찾아왔다.

"어르신, 우리 메이 찾았어요."

"예? 정말요? 어떻게요?"

그녀는 메이를 잃고 난 뒤 아침저녁으로 버스를 타고 공원에 갔다고 한다. 2주쯤 되자 날씨도 점점 추워져 포기하려고 했는데, 딸이 간밤 꿈에 메이를 봤다며 한 번만 다시 가 보자고 졸랐단다. 저녁 어스름 무렵 마지막으로 공원을 돌며 "메이야! 메이야!" 하고 부르는데 갑자기 컴컴한 숲에서 시커먼 물체가 살금살금 다가오다 가까이 와서는 쏜살같이 달려와서 펄쩍 딸 품으로 뛰어들었다고. 메이를 제일 사랑하는 주인의 가슴으로~.

　"메이가 글쎄 갑자기 어디서 나타나서 그 집 꼬마한테 확 안기더래"라고 나에게 말하는 대목에서 남편의 눈 흰 자위가 붉어지고 있었다.

길고양이 중성화 작전

찬바람이 불기 시작했다. 배가 축 늘어진 길고양이가 길을 가로질러 덜렁덜렁 지나간다. 뒷모습을 얼핏 보니 새끼를 밴 것이 틀림없다. 저 녀석이 새끼를 낳으면 이 험한 세상을 또 어찌 살아갈까 생각하니 가슴이 짠했다.

신생아 출산율이 상승한다는 소식이 들리면 기분이 좋아지는데, 집 없는 길고양이 배가 부른 걸 보면 마음이 착잡하다. 길고양이를 돌보는 집사들은 머릿속이 복잡해진다. 정부에서는 늘어나는 길고양이 관리 대책으로 중성화 수술(TNR : Trap Neuter Return)을 권장하고 구청에 지원금을 주고 있다.

중성화 수술 옹호자들은 이 수술이 개체 수도 줄이고

질병을 예방하여 수명을 연장할 수 있다고 한다. 구청에서는 수의사 중 중성화 수술 지원자를 공개 모집하여 입찰 과정을 거쳐 선정한다. 채택된 병원에서는 일 년 중 봄, 가을 발정기를 전후하여 날짜를 정한다.

새끼들은 생후 7개월만 지나면 중성화 수술을 할 수 있다. 하루 전날 급식을 중단하고 덫을 놓아 잡힌 고양이를 데려다 수술시키고, 하루나 이틀 지난 다음 중성화했다는 표시로 한쪽 귀 끝을 약간 자르고 잡힌 동네에 풀어준다.

쉽고 간단할 것 같지만 그렇지 않다. 고양이들은 영리하여 잡기가 대단히 어렵다. 중성화 수술 계획을 모르는 주민이 오다가다 먹이를 주기도 하고, 허기진 고양이들이 먹이를 구하러 먼 곳까지 가므로 주민들이 협공 작전을 펴야 한다.

동작구에서 선정된 수의사로부터 하루 동안 길고양이에게 먹이를 주지 말라는 연락이 왔다. 길고양이를 돌보는 집사들에게 이런 연락이 온 날은 비상이다. 우리 마을뿐 아니라 담장 너머 대학교의 길고양이 동호회 학생들에게도 단단히 일렀다. 아파트 북쪽 철책에 아지트가 있는 칵순이네 가족, 고순이네 가족, 라일락 길 주변에 사는 삼총사며 이곳에서 돌보고 있는 20여 마리에게 저녁마다 주는 먹이를 중지하고 그 근처에 얼씬도 하지 않았다.

밤 11시쯤 동물병원장이 포획 틀로 사용하는 네모난 철망 덫을 가지고 왔다. 덫 안에 식욕을 자극하는 통조림을 넣고 평소 먹이를 주는 곳에 갖다 놓았다. 경험 있는 고양이들은 덫만 보아도 함정이라는 것을 알고 가까이 오지 않는다. 그러나 배고픔을 참지 못한 고양이들은 본능을 억제하지 못하고 새로운 먹이 그릇에 접근한다. 조심조심 머리를 디밀고 발판을 밟고 덫 안의 통조림에 입을 대는 순간 철커덕, 운명의 쇠문이 닫혀 드디어 포로가 된다.

중성화 수술을 위한 포획 작전 개시. 나이 많은 칵순이는 중성화 수술을 하지 않았지만, 아주 영리해서 벌써 줄행랑을 쳤다. 이미 중성화 수술을 경험한 몇몇 고양이들도 어디론지 사라져 버렸다. 덫을 놓고 새벽 1시쯤 일년생 고양이 새칵이가 들어갔다. 새벽 3시경에 털이 까만 고양이 깜돌이도 들어가고, 다리가 긴 롱다리와 노랑이는 다른 틀에 잡혀 들어갔다. 잡힌 뒤에야 그게 함정인 줄 알고 꺼내 달라고 발버둥을 쳤다.

마음이 추우니 날씨가 더 추운 것 같았다. 고양이가 한 꺼번에 잡히는 게 아니어서 남편은 밤 12시쯤부터 대기했다. 먼저 잡혀 아우성치는 놈을 승용차로 동물병원에 데려다주고, 등을 잔뜩 움츠리고 또 기다렸다. 한 바퀴 돌고 확인하고 다시 확인하기를 반복하더니 모두 네 마리가 잡혔다고 한다. 그런 날은 밤을 꼬박 새웠다.

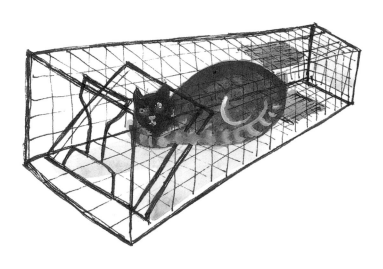

11월이라 날씨가 꽤 쌀쌀해졌다. 잡혀간 다음 날은 동네에 고양이가 한 마리도 보이지 않았다. 사방이 고요했다. 동족이 잡혀가서 충격이었는지 밥을 줘도 먹으러 오지 않았다. 포획해 가고 이틀이 지났다.

동물병원에서 수술한 고양이들을 밤 11시에 방사한다고 연락이 왔다. 몇 집사들은 고양이들이 가장 좋아하는 닭고기와 참치 통조림을 준비하고 방사하는 장소에서 기다렸다. 동네에는 길고양이를 돌보는 사람이 몇 명 있다. 그냥 보기만 하는 사람도 있고 가끔 사료를 주는 사람도 있다. 우리 부부는 매일 돌보는 집사다. 어떤 여고생은 보온병에 무슨 국을 끓여 왔다고 해서 모두 한바탕 웃었다. 마음이 따뜻한 주민들이 있어서 심란했던 마음이 위로되었다.

잡혔던 고양이는 포획된 자리에다 풀어주지 않으면 영역 텃세가 심해 다른 장소에서 생존하기가 어렵다. 또 간혹 데려가서 안락사하는 예도 있다고 하여 마릿수와 얼굴을 확인해야 했다.

차 트렁크를 열자 불안해하는 새칵이가 보였다. 깜돌이도 풀어주자마자 쏜살같이 어둠 속으로 '나 살려라' 하고 도망갔다. 네 마리 다 돌아온 것을 확인했다. 누군가 보온병을 가져온 여고생에게 웃으며 말을 건넸다.

"북엇국 다 식겠네요!"

"지금은 도망갔지만 밤 지나면 돌아올 거예요."

안심하는 마음으로 모두 웃으며 떠들었다. 수술받고 돌아온 길고양이를 보니 속썩이던 아들을 군대 보냈다던 친구의 말이 생각났다. 하도 말썽을 피워 군대 가서 눈에 안 보이면 속이 시원할 줄 알았더니 그게 아니더라고. 한밤중에 일어나 아들의 방에 들어가 큰 소리로 엉엉 울었다고 한다.

길고양이가 새끼를 자꾸 낳는 게 걱정되어 수술하면 마음이 편할 줄 알았는데, 강제로 잡아서 수술시키고 겁에 질려 돌아온 걸 보니 가슴 한 귀퉁이가 저렸다. 코끝이 아려 고개를 돌렸다. 중성화 수술 방법이 최선이라고 하지만 인간이 선택한 방법이 정말 잘하는 것일까?

"이 길이 너희들도 병 없이 오래 살고, 서로 다 같이 더불어 살 수 있다니 어쩌냐, 힘차게 살아야지. 자! 얘들아, 어서 돌아와. 내일도 해가 뜬단다!"

고양이

고양이는 정말 매력적이다. 연세대 김진영 교수의 말을 옮겨 본다.

"아름다움이 무엇인가? 자신의 위엄을 잃지 않는 것, 사회적 동물의 집단 본능과는 거리를 두는 것, 지금 여기 너머를 볼 줄 아는 것, 실존의 도구들(언어, 행동거지, 눈초리 같은 것)을 순화하여 존재의 순간순간을 덜 더럽히는 것이라던가."

고양이는 인간과 유대감이 깊다. 고양이를 아름답다고 하면 반박할지도 모르나, 고양이를 수십 년간 키우고 관찰한 나는 그 외의 표현을 찾기가 어렵다.

고양이는 언제나 자신의 위엄을 잃지 않는다. 사물을 바라보는 시선도 여유롭고, 조심스럽게 행동한다. 평화를 갈구하며 따뜻한 것을 유난히 좋아해서 햇빛을 찾아다닌다. 겨울에 비스듬히 창으로 들어오는 환한 빛에 손을 슬쩍 내밀며 따스함을 즐기는 작은 동물 모습은 상상만 해도 미소가 나온다. 내리쬐는 볕에 온몸을 맡기고, 있는 힘을 다해 기지개를 켜며 행복해하는 다른 동물을 본 적이 있는가?

먹는 것에 체면을 차리는 모습을 보면 그 조상의 품위가 남다름을 알 수 있다. 아무리 배고파도 헉헉대지 않고 침착하게 주위를 돌아보며 하나씩 하나씩 '먹어 줄게' 하듯이 천천히 먹는다. 개들이 옆에서 허겁지겁 먹는 것을 보면 '흥, 체면 좀 차리시게' 하며 안타깝게 바라본다. 자기가 되게 잘난 줄 안다. 식사 후에는 안단테 속도로 손에 침을 발라 입 주위부터 세수하며 나름대로 몸을 단장하는 멋쟁이다.

참! 그거, 그거! 고양이의 기막힌 신비한 습성, 배변 가리기. 그것은 고양이의 본능인 것 같다. 태어나서 어미 젖만 떼면 모래통에 올라가서 자기 발로 모래를 파고 구덩

이를 만들어 일을 보고 소복하게 잘 덮고 나온다. 정성을 다해 파묻는다. 고양잇과는 다 그런가? 나는 호랑이가 그런 행동을 하는 것을 화면에서도 본 적이 없는데, 고양이는 병들어 기진맥진한 상태가 되면 기어가서라도 배변한다. 길고양이를 오래 돌보다 보니 알게 되었다. 죽을 때는 추한 모습을 보이지 않으려고 어디론가 사라지는, 뒷모습이 아름다운 동물임을. 그런 모습만으로도 반려동물로서 최우선을 차지하는 데 부족함이 없지 않을까 싶다.

생긴 모습 또한 작품이다. 빛의 밝기에 따라 크기가 달라지는 푸른 연둣빛 흰자위 안에 있는 까만 눈동자를 볼 때는 앨리스가 사는 이상한 나라의 동화가 연상된다. 걷는 것도 우아하지만, 온종일 그루밍이라는 털 손질을 하며, 몸에 물 한 방울만 묻어도 참지 못하고 혀로 핥는다.

고양이의 발바닥 역할을 하는 젤리는 마시멜로같이 부드럽다. 만져 보면 꼬집어 주고 싶어진다. 또 장소를 불문하고 부드럽거나 푹신한 것만 있으면 발바닥을 폈다 오므렸다 움직이며 젖 먹던 버릇 꾹꾹이를 하는 모습은 웃음을 자아낸다.

울음소리는 어떻고! 한두 달 된 새끼 고양이의 작은 울음
소리를 들어본 적이 있는가? 아기 울음소리 400~600Hz
주파수와 비슷하다는 그 소리는 마치 아름다운 별나라에
서 들려오듯 귀를 간지럽힌다.

고양이는 우리가 생각하는 것보다 훨씬 영리하다. 눈치
가 고단수라 주인이 싫은 내색을 보이면 단번에 알아차리

고 미안한 듯 물러난다. 잽싸고 날렵하기는 놀랄 정도다. 척추뼈가 유연한 고양이는 가벼운 몸을 깃털같이 사뿐히 날려 자기 몸길이보다 5~6배나 높이 뛸 수 있다고 한다. 순간적으로 창 문턱을 훌쩍 뛰어 단 1초 만에 냉장고 위로 올라가는 모습을 보면 중국 배우 이소룡을 연상시킨다.

장난과 재치는 개그맨을 능가한다. 어릴 때는 짧은 실이나 방울 하나면 혼자서 뒤집고 앞으로 고꾸라지며 온종일 지칠 때까지 논다.

모든 동물이 새끼 때는 다 귀엽지만 고양이 새끼는 특히 심쿵하는 동물이다. 고놈들을 바라보는 마음이 이제 막 걸음을 떼는 손주를 바라보는 할미 마음에 비하면 택도 없겠지만 그래도 제법 심장을 뒤흔들어 놓는다. 궁금하면 유튜브를 열어 고양이를 클릭해 보면 어떨까. 요즘 인터넷에서 고양이가 가장 사랑받는 존재라고 한다.

고양이는 주인을 모른다는 혹자의 말이 내게는 못마땅하다. 물론 주인에게 개와 같이 충성하지는 않는다. 고양이는 시크한 동물이다. 고양이로부터 완전한 신뢰를 받으려면 사료를 주는 것만으로 충분하지 않다. 그만큼 교감이 있어야 한다. 고양이들은 상대방이 자신을 얼마나 사랑하는가를 감각적으로, 눈빛만으로도 놀랍게 구별한다.

우리 집에는 두 마리의 고양이가 있다. 우리 가족 이외의 사람이 자기를 만지려고 하면 한 놈은 줄행랑치고, 다른 놈은 쏘아보며 털을 곤추세운다. 주인이 외출했다 돌아와 문소리가 나면 각자 놀다가도 기가 막히게 달려 나오는 놈들이다.

그러나 조심해야 할 부분도 있다. 고양이는 자신을 공격하는 사람을 발톱으로 할퀴거나, 낯선 사람에게는 입을 크게 벌리고 하악질을 하기도 한다. 자기가 입을 크게 벌리면 상대가 무서워서 피할 것으로 생각했을까? 아니다. 다가오지 말라고, 귀하가 무섭다는 뜻이다. 강한 것 같으면서 겁쟁이이기도 하다.

길고양이에 대한 사람들의 관심이 커지고 있다. 내가 어릴 때는 길고양이가 눈에 띈 기억이 별로 없는데, 요즘에는 부쩍 많이 보인다. 길고양이는 자기들끼리 영역 싸움을 하지만 사람에게는 친화적이다. 그들은 사람으로부터 버림받거나, 발정이라는 생리적 충동으로 가출해 떠돌다가 머물 곳이 없어 어쩌다 거리에서 살 뿐이다. 그들이라고 집도 없는 길고양이로 태어나고 싶었겠는가. 인간으로 선택받은 우리가 길고양이를 좀 더 따뜻하게 바라봐 주면 좋겠다.

주인 없는 길고양이들도 자신을 꾸준히 돌보는 사람을 알아보고 따른다. 이름을 지어 주고 자주 불러 주면 자기 이름을 기억하고 멀리서도 달려온다. 곁에 와서 친근감의 표시로 집사의 다리에 자기 머리나 몸을 비빈다든지, 꼬리를 살짝, 정말 살짝 닿게 한다. 집사 앞에서 땅바닥에 뒹굴며 애교도 부리고, 배를 쩍 내놓고 경계를 허문다. 때로는 집사 뒤를 졸졸 따라와서 떼어놓기 어려울 때도 있다. 물론 몇 년이 지나도 절대 만지는 것을 허락하지 않는 놈도 있다.

지난 일 년 동안 아들이 북미, 남미, 유럽, 아프리카 등 많은 나라를 여행하고 왔다. 그의 말을 들어보니 한숨이 나왔다. 길고양이가 사람을 무서워하는 나라는 대한민국뿐인 것 같다고. 우리보다 훨씬 못사는 나라에서도 사람들이 길고양이를 함부로 대하지 않더라고 했다. 적의 없는 동물을 사람들이 얼마나 함부로 대했으면 사람을 보고 도망가겠는가?

하지만 갈 곳 없는 유기견이나 길고양이를 말없이 뒤에서 돌봐주는 좋은 분들도 알게 모르게 많이 있다. 주변에 불쌍한 동물을 외면하지 않고 구해 주고, 사비를 들여 병든 동물을 고쳐 주고 진심으로 돌봐 주는 이들은 정말 대단한 분들이다. 그들의 앞날에 행복과 많은 축복이 넘치기를 빈다.

집사의 마음

화성에서 온 남자와 만나 살면서 서로 다른 가치관, 살아온 습관 그리고 표현 방법이 달라 적응하는 데 시간이 오래 걸렸다. 내가 만난 화성인은 '고맙다'는 감사의 말이나 '미안하다'는 사과의 말을 남에게는 잘도 하면서 아내에게는 유독 아꼈다. 내가 그런 말을 잊었냐고 하면 직장의 진상 상사같이 대답했다.

"그걸 꼭 말해야 아나?"

그럴 때마다 적당한 방어기제를 찾기가 어려웠다. 그래도 그의 본심을 알기에 내 영성을 훈련하는 순간이라고 최면을 걸며 침묵했다. 가정이 평화로워지려면 대장간에서 연장을 풀무질하여 달구고 두드리는 것처럼 많은 시간과 노력이 필요했다.

드디어 각자 퇴직하고 많은 시간을 같이 보내게 됐다. 여전히 편하기도 하고 불편한 순간도 있다. 그러다 길고양이를 돌보면서 남편의 새로운 장점이 보였다. 비가 오나 눈이 오나 때론 몸이 불편해도 어김없이 길고양이 사료와 통조림을 자전거에 싣고 묵묵히 나가는 그가 새롭게 보이기 시작한 것.

실제로 사료와 물을 주는 것은 길고양이 돌봄 과정에서 30%밖에 안 된다. 그 외 잡다한 일들이 어찌 많은지. 피곤해서 나가기 싫은 날도 있을 텐데, 여름 장마 때는 물론 7, 8월 덥다 못해 찜통 같은 날, 사방이 꽁꽁 얼어붙은 겨울날도 하루도 거르지 않았다.

심지어 엄동설한에 본인이 제일 좋아하는 스키 타는 날, 들뜬 마음으로 새벽에 일어나 강원도까지 가서 스키를 타고 늦은 밤에 돌아온 날도, 녹초가 된 몸을 이끌고 그 밤에 어김없이 자전거를 밀고 나갔다. 내가 "제때 밥 주었다"고 말해도 본인이 직접 돌아봐야 직성이 풀렸다. 고양이를 돌보면서부터 밖에서 저녁 식사 약속은 물론 하룻밤 넘기는 여행은 꿈도 꾸지 못했다.

길고양이를 돌보면서 나는 두 가지 커다란 선물을 받았다. 첫 번째는 우리 부부 사이에 서로에 대한 존재 가치가 달라졌다. 물론 아직도 어쩌다 부하에게 하듯 말하는 남편에게 날을 세우기도 하지만, 떠도는 생명을 귀하게 여기는 그를 보며, 지금의 삶뿐 아니라 과거의 삶도 감사하며 대단한 축복으로 여기게 되었다. 그가 유명 대학을 나와 학위를 받고, 세계 유수의 잡지에 논문이 실렸든, 세상에서 출세하든 그건 내게 별로 중요하지 않았다.

불쌍한 생명을 귀하게 여기는 모습은 그의 인성을 다르게 보게 했다. 가끔 내게 잔소리를 해대도 여유가 생겼다. 자연히 그에게 너그러워졌다. 내가 달라지니 그도 달라졌다. 짓궂은 말투가 감사하는 말투로 바뀌었다. 노년에 의지할 수 있는 상대를 김사로 바라보며 서로 귀하게 여기게 되었다. 길고양이 덕분에 우리 관계가 성장하게 된 셈이다.

더욱 감사한 것은 하나님의 마음 한 귀퉁이를 아주 조금이나마 이해하게 된 것. '하나님은 사랑이시라'는데 가끔 흉악 살인범, 몰염치한 놈, 사기꾼 같은 인간을 보면서 그런 사람까지 하나님이 사랑하신다니 이해하기 어려웠다.

벌을 내려야 마땅할 것 같았다. 그런데 길고양이를 돌보면서 '이런 마음이 하나님 사랑인가'라는 생각이 들었다.

길고양이 사회도 인간사회와 다를 게 없다. 자기도 길고양이면서 낯선 고양이가 나타나면 무턱대고 공격하는 놈, 사람과 눈 마주치면 도망가는 놈, 사람이 다가가면 하악~ 하며 방어하는 놈이 있는가 하면, 졸졸 따라오는 유순한 놈도 있다.

모든 동물이 그렇다고 하지만 길고양이도 자기끼리 영역 싸움이 대단하다. 그중 사나운 놈은 끝없이 상대를 공격하고 순위 싸움을 한다. 누가 대장이 되느냐는 싸움은 어찌 보면 인간들의 싸움보다 더 치열하다.

아무려나 길고양이를 돌보는 집사로서는 어떤 놈이 대장이 되든 졸병이 되든 대수롭지 않다. 대장놈을 우대할 것도 없고, 빌빌거리는 놈을 우습게 보지도 않는다. 그놈의 대장이 뭐라고, 오히려 힘센 대장보다 약하고 병든 놈을 더 챙기게 된다.

집사는 어떤 상황에서든 사료를 주는 데 절대 차별 두지 않는다. 다행히 고약한 놈들도 사료를 주는 집사에게는 유순하다. 힘센 놈에게 밥 줄 때 "친구들에게 그러지

마" 하고 쓰다듬으며 살살 달랜다. 사랑받으면 조금이라도 순해지리라 기대하며. 그러다 보니 미운 고양이가 없다. 발톱을 보이며 거칠게 굴어도, 식식거리며 하악질을 해도, 안타까운 마음으로 사료를 듬뿍 담아 준다. 그러다 보면 조금씩 순해진다. 털이 더러워진 놈도 성질이 유별난 놈도 다 귀엽다. 어린 고양이가 사랑스러운 것은 말할 것도 없고, 늙은 고양이도 병든 고양이도 안쓰럽다. 이놈은 이런 대로, 저놈은 저런대로, 미운 놈이 없다.

억지로 노력하는 게 아니고 저절로 사랑스러운 마음이 드니 알다가도 모를 일이다. 왜 고양이는 다 사랑스럽지? 나도 모르겠다.

이젠 길을 가다가도 모르는 고양이가 눈에 띄면 뒤돌아 다시 한 번 쳐다본다. 누군가 길고양이에게 먹이를 주는 사람을 보면 그의 구부린 뒷모습마저 정이 간다.

어느 순간 이 세상을 창조하신 하나님의 인간 사랑이 이런 걸까 하는 생각이 들었다. 착한 사람은 기쁜 마음으로 사랑하고 못된 사람은 슬프고 안타까운 마음으로 사랑할 뿐, 누구나 다 사랑한다는 사실. 지나친 해석 같지 않다.

한 마을의 길고양이를 돌보면서 나의 욕심과 오만을 뒤돌아보게 된다. 욕심 많은 길고양이처럼 과한 욕심을 부리지는 않았는지, 자신의 영역을 지키기 위해 사납게 굴지는 않았는지. '그게 뭔 대수라고.' 집사가 보기에 욕심 많은 고양이의 행동이 부질없어 보이듯 탐욕스러운 인간을 보시는 하나님도 그런 마음이었을 것 같다.

우리가 길고양이를 돌보는 집사이듯 하나님도 우리를 주관하시지 아니하던가.

집에서 사랑하는 동물과 가족같이 지낼 때는 전혀 알 수 없었다. 길에서 떠도는 길고양이의 사회를 긴 시간 들여다보면서 알게 된 일이다. 길고양이는 나에게 그런 커다란 횡재를 가져다준 고마운 존재다.

서달산 동네 아파트 주민들에게

저는 동작구 서달산 자락 숲속 아파트에 살고 있습니다. 복잡한 도시 복판에 살면서 피톤치드가 나오는 숲의 싱그런 공기를 마시며 아침을 열다니, 이곳 사람들은 복 받은 사람이 틀림없나 봅니다. 그래서 그런지 우리 동네에 길고양이를 사랑하는 분들이 많이 있지요. 오늘은 그분들에게 감사의 글을 올리려고 합니다.

나이 많은 시츄를 데리고 늘 산책하시는 할머님이 한 분 계셔요. 고양이 밥을 주다 보니 자주 만나게 되어 목례를 하고 지나갔습니다. 알고 보니 고양이를 무척 사랑하시는 할머니였습니다. 가끔 만나면 우리 부부에게 수고한다고 말을 건네셨지요.

어느 날, 그날은 꽤 추웠어요. 할머니는 고양이 집에 깔아 주라고 작게 만든 이불을 한 보따리 가져오셨더군요. 할머니의 따뜻한 마음이 그동안 힘들었던 우리 마음을 몽땅 녹여 주었습니다. 고마운 할머니께 감사의 마음을 한 보따리 드립니다.

그래도 이 동네에서 길고양이를 가장 많이 돌봐 주시는 분은 전 선생이지요. 오래전부터 이 동네에 살았고, 우리가 이곳에 이사 오기 전부터 고양이들을 돌보았답니다.

그놈들 사진도 핸드폰에 저장해 놓았더군요. 아프면 약을 사다가 꼬박꼬박 먹이고, 추우면 고양이 집에 손난로를 한 개씩 넣어 주는 정성이 지극한 분입니다. 젊은 분이 측은지심이 많아서 불쌍한 고양이를 그냥 지나치지 못하는 거지요. 키가 크고 미남인 전 선생의 어깨 가방에는 길고양이가 좋아하는 간식이며 통조림이 언제나 준비되어 있답니다. 우리 주변에 이런 분이 있다는 게 길고양이들에게는 정말 행운입니다.

저녁마다 밥을 주러 가면 가끔 사료통에 밥이나 생선, 어떨 때는 고기 뼈다귀도 보이더군요. 누군가 했는데, 서울대에서 퇴직하고 이곳에 조용히 사시는 송 교수란 분이었지요. 사실은 사람이 먹는 음식은 고양이에게 썩 좋은 음식은 아니지만, 따뜻한 마음만은 감사히 생각하고 있습니다. 다행히 아침만 되면 서달산 숲속 까치들이 고양이 밥그릇 주변에서 잔치를 벌여 깨끗이 청소해 줘서 기뻐하고 있습니다.

참, 그러고 보니 숲속에 사는 새들에게 고맙다고 해야겠습니다. 고양이에게 사료를 주고 난 뒤 갑자기 비라도 내리면 사료가 퉁퉁 불어 먹을 수가 없게 되지요. 가능하면 비가 오기 전 우산을 씌우거나 미리 치워 놓기도 하지만, 여름에는 갑자기 비가 올 때가 있거든요. 할 수 없이 불어 버린 사료를 걷어다가 물을 쪽 따르고 새들이 자주 오는 나무 밑에 놓아두면 다음 날 아침에 게 눈 감추듯 싹 먹어 없앤답니다. 사료가 아까워서 버리지도 못하는데 새들이 먹어 주니 정말 다행이에요.

"새들아, 청소해 주어서 고맙다!"

다음은 중앙대학교 길고양이 동호회 학생들을 빼놓을 수가 없습니다. 그들이 조를 짜서 군데군데 길고양이 집도 놓아 주고, 자동 사료통이긴 하지만 사료를 제공하고 있더군요. 자동 사료통의 문제는 가끔 청소해 주지 않으면 그 안에 곰팡이가 펴서 먹을 수가 없는 일이 생긴답니다. 고양이는 굉장히 예민해서 곰팡이가 생기면 먹지 않습니다.

우리 아파트는 중앙대학교와 담을 사이에 두고 있어 길고양이들이 경계 없이 왔다 갔다 합니다. 주말이면 학생들이 힘들 것 같아서 우리가 학교 동네를 한 바퀴 돌기도 한답니다. '양친반'이라고 하던가요? 방학 때도 일부러

와서 돌봐 주더군요. 정말 대단한 친구들이에요. 책임감과 사랑으로 봉사하는 젊은 그들을 보면 우리나라의 장래가 밝아 보입니다. 앞으로 가슴이 따뜻한 여러분의 미래가 탄탄대로이길 바랍니다.

저녁에는 개를 산책시키러 나오는 부지런한 주부들이 많습니다. 우리는 서로 인사하고 개 안부, 고양이 안부를 물으며 잠깐이지만 담소를 나누기도 합니다. 우리만 보면 꼬리펠러를 돌리며 깡충깡충 달려오는 앙증맞은 푸들 루비네(지금은 별이 되어 떠났지만), 눈에 사랑이 뚝뚝 떨어지는 루비 엄마는 동물을 사랑하는 좋은 분입니다. 또 다리가 짧고 꼬리가 근사하게 생긴 바루, 요즘 주인 허락하에 바루에게 고양이 사료를 한 줌 줬더니 보기만 하면 좋아 어쩔 줄 모르더라고요. 녀석! 아주 귀여워요. 개를 사랑하시는 분은 대부분 고양이도 사랑하는 것 같아요.

사업을 하셨다는 멋쟁이 아주머니는 사료값에 보태라고 봉투를 주시기도 했답니다. 좋은 이웃이지요. 따뜻한 사람입니다. 아이들은 어쩌고요. 역시 아이들은 마음이 순수해서 그런지 고양이를 만나면 그냥 지나치지 않고 꼭 고양이 머리를 쓰다듬어 주고 한참 놀다 갑니다. 아이들 어릴 때부터 동물 사랑을 가르치는 부모들은 앞을 내다보는 분들 같아요. 우리는 길고양이를 직접 만지지 말라고 매번 주의를 주지만 애들은 못 참더군요. 천사들이에요.

그 외에도 가끔 사료 봉지를 주고 가는 분도 있고, 덕담을 해 주시는 분은 수없이 많습니다. 경비일을 하시는 몇몇 분도 동물을 걱정해 주시더군요. 아파트 관리소장도 협조해 주어 고양이 돌보기가 편합니다. 주변 정리를 해 주니 도움이 될 테니까요. 별별 주민이 다 있으니 민원도 신경 써야겠지요. 고충이 많을 것으로 생각됩니다.

그리고 가끔 고양이 밥통을 자꾸 감춰 버리는 귀여운 분도 있고, 간혹 밥을 왜 주냐고 소리를 버럭 지르는 사나운 분도 있지만, 머지않아 이해할 걸로 믿습니다. 이 세상이 그렇게 팍팍하기만 한 건 아닌가 봐요. 고마운 분들이 더 많습니다.

예로부터 현명한 우리 조상들은 대대로 콩 세 알을 심었다고 합니다. 하나는 땅속 벌레 몫이고, 하나는 새와

짐승 몫이고, 나머지 하나가 사람 몫이라고 생각했던 것이랍니다. 그들을 모두 자연의 주인이며, 함께 살아야 할 동반자로 보았던 것이지요. '나'만이 아닌 땅속에 사는 벌레까지 생각하는, 함께 나누며 사는 여유를 가진 분들이 주변에 있으니 세상이 아름다워 보이네요.

아침에 새소리와 함께 일어나 맑은 공기 맡으며 하루를 시작하는 우리 동네가, 숲속 동물들과 더불어 사는 인심 좋은 동네가 되었으면 좋겠습니다. 마음이 따뜻한 서달산 숲속에 사는 여러분, 감사합니다.

서달산 자락 아파트에 사는

고양이 집사 부부 드림

제4장 고맙고 또 고맙습니다

두 눈물

5월 초하룻날 오후, 병실 문을 열었다. 초조함과 기다림에 지친 엄마의 목소리가 밀봉한 비닐봉지에서 바람 빠지듯 날아왔다.

"으이, 좀 일찍 오지 그랬어. 빨리 가자."

"응? 어딜? 아이구 우리 오마니, 오늘은 1일인데, 23일 퇴원한다고 달력에 이렇~게 동그라미 쳐 놨는데 안 보셨구만요?"

어쩐지 엄마의 침대가 깨끗이 정돈되어 있었다. 하얀 이불이 잘 개켜 있고, 작은 보따리가 머리맡에 가지런히 줄을 서 있었다. 엄마의 표정이 순간 일그러졌다. 그러나 그 마음을 나는 미처 알아채지 못했다. 기대가 무너진 그날,

엄마의 묶였던 생명의 끈이 풀리기 시작한 것을.

70대 후반에 혼자되신 엄마는 텃밭도 가꾸며 수도권 아파트에서 10여 년을 홀로 그럭저럭 잘 지내셨다. 그러던 어느 날 화장실에서 넘어지는 사고로 왼쪽 고관절 수술을 해야 했다. 요양병원에서 재활치료를 하고 퇴원하셨다. 혼자 지내려 하셨지만, 80대 후반은 외로움이 절절한 시절. 그때부터 엄마는 막내이자 고명딸인 나와 저녁마다 노을을 함께 보기로 했다.

구름에 달 가듯이 나그네 되어 노인정을 다니시며 6년이 흘렀다. 시간이 멈춘 듯한 어느 겨울 한밤중, 우당탕하는 소리에 온 식구가 놀라 일어났다. 화장실에 다녀오다 마루에서 넘어지신 것. 급히 119를 불렀다. 진단은 오른쪽 고관절 골절이었다. 서둘러 무사히 인공관절 대체 수술은 끝났으나 담당 의사는 수술보다 재활치료가 더 큰 문제라고 중얼거렸다. 아흔이 넘으셨으니.

재활치료를 위해 요양병원을 수소문했다. 마침 수도권 요양병원에서 간호사로 있는 고향 친구가 기다리고 있었다. 든든했다. 조용하고 내성적인 엄마가 친구와 농담도

하는 것으로 보아 지난번 6년 전에 이어 이번 시련을 끄떡 없이 극복할 것 같았다.

병원장은 중간 키에 안색이 거무스름했고 70대 중반으로 보였다. 그는 자기가 과거에 얼마나 유명했었는지를 지루하게 설명했다. 그의 장황한 설명 속에는, 환자가 입원했으니 이제는 돌아가실 때까지 자기들에게 맡기라는 뜻도 담겨 있었다. 어느 정도 재활치료를 하고 퇴원하기를 바란다고 하자 그는 입술 끝 근육을 위로 당겨 웃었다.

퇴원 후를 위해 미리 상담사를 찾았다. 고령의 재활치료가 석 달로는 힘들 것 같다고 했다. 그러나 그 병실은 황량한 빈들처럼 고적했고, 왠지 모를 습한 기운이 깔려 있었다. 고요했지만 그 고요가 평안을 의미하는 것 같지는 않았다.

고심 끝에 석 달이 되는 5월 23일 퇴원하기로 정했다. 보청기를 끼신 엄마는 5월만 기억했고, 무작정 5월이 돌아오기만 기다리셨다. 그 후 하루가 멀다고 병문안 갔을 때도 엄마는 쌓여 가던 서글픈 마음을 절대 내색하지 않으셨다.

계획했던 퇴원 날짜가 일주일쯤 남은 날 아침, 병실 문을 열자 눈을 감고 미동 없이 누워 계셨다. 엄마는 살며시 손을 잡은 나를 초점 없는 눈빛으로 보셨다. 유난히 튀어나온 복사뼈가 드러난 발끝에는 투명한 링거액 줄이 길게 걸려 있었다.

"원장님이 어저께 아침 회진하신 이후로 아무것도 안 드시네요."

자그마한 키에 뽀글뽀글한 파마머리가 인상적인 간병인이 얼굴을 찡그리며 말했다. 50대 중반쯤으로 보이는 그녀는, 강한 연변 사투리로 환자의 상태가 자기 잘못은 절대 아니라는 듯 톤을 높였다. 회진 온 원장에게 엄마는 집에 가고 싶다고 사정하듯 말을 건넸고, 원장은 이상하게 위로했다고 그녀가 툴툴거리며 흉내를 냈다.

"권사님, 집엔 왜 가요? 여기서 저랑 자~알 계시다가 천국으로 가셔야지요."

원장의 이 오묘한 한마디로, 그동안 붙들고 있던 끈의 매듭이 완전히 풀렸던가 보다. '원장이 권하는 천국의 초대장이 죽음의 문이라 생각하셨을까?' 멍든 마음의 문을 침묵 고리로 잠근 채 곡기를 끊으셨다.

간병인의 말을 듣자 가슴이 두근거렸다. 대나무 숲에 칼바람 이는 소리가 가슴을 후려쳤다. 보호자의 결단이 필요했다. 퇴원 후에 집에서 벌어질 상황을 잠시 상상해 봤다. 온갖 상황이 왔다 갔다 했다. 그러나 이제라도 당신의 마음이 존중되어야 했기에 흥분을 가라앉히고 원장실로 달려갔다.

"원장님, 저의 어머니 오늘 퇴원하셨으면 좋겠습니다."

"예? 퇴원을요? 정말 퇴원하시려고요? 집에서는 감당하시기 어려울 겁니다."

병실 계단을 단숨에 뛰어 올라와 엄마의 야윈 어깨를 흔들며 크게 말했다.

"오마니, 집에 갑시다! 원장님이 집에 가서 식사만 잘하시면 곧 나을 거래요."

엄마는 망부석같이 벽에 기대앉아 눈을 감고 계셨다. 모든 걸 체념한 듯 떨구었던 고개를 드셨다. 멍하니 나를 올려다봤다. 순간 집으로 가자는 소리를 알아채고 엄마의 눈에 광채가 나기 시작했다. 그 눈빛은 아까 본 초점 없던 눈빛이 아니었다. 사형수가 기대하지 않았던 석방 판결을 들었을 때의 화들짝 놀란 눈빛. 그리고 엉덩이를 밀면서 어느 틈에 침대 밑으로 앙상한 맨발을 털썩 내려뜨렸다.

휠체어로 이동해 간신히 조수석에 앉혀 드렸다. 몸이 척 늘어졌다. 좌석 벨트를 매지 않았다면 바닥으로 흘러내릴 지경이었다. 나는 운전대를 잡으며 기어들어가는 소리로 들릴 듯 말 듯 말했다.

"엄마, 미안해. 더 빨리 집에 갈걸."

엄마의 깊게 주름진 눈가에 눈물이 번졌다. 눈을 감은 채, 괜찮다고 고맙다고 엷은 미소와 함께 고개를 힘없이 끄덕이셨다. 마른 입술이 가볍게 움직였다.

"어서 가자."

깊게 주름진 엄마의 목둘레를 여며 주었다. 목이 메었다. 햇볕이 따가웠다. 흔들리는 차의 요동에 실려 엄마와 나의 눈에는 각자 다른 의미의 뜨거운 눈물이 흘렀다.

마지막 선물

고관절 수술 후 입원했던 요양병원에서 어렵사리 원장의 허락이 떨어졌다.

햇빛이 쏟아지는 5월이었다. 우리는 햇빛도 후끈한 바람도 깊이 들이마셨다. 신작로의 풀들이 바람에 너풀거리며 갇힌 곳에서 나온 엄마를 환영하는 듯했다. 차창을 내리고 손을 흔들었다. 멀리 높다란 아파트가 보이자, 엄마는 깡마른 주먹으로 연신 흐르는 눈물을 훔치셨다. 아파트 엘리베이터 단추를 꾹 누르며 말했다.

"엄마, 집에 오니 좋지요?"

"으응, 으응, 그러엄, 좋~아, 좋구 말구지."

문 안에 들어서자 엄마는 마른 손으로 현관 벽을 천천

히 쓸어 보셨다. 그러곤 침대에 눕자마자 간신히 허리를 돌리고 고개 숙여 기도하셨다. 감사로 시작해서 점점 애달픈 절규로 이어지는 소리가 밖으로 새어 나왔다.

엄마를 돌봐 드리는 일은 예상했던 대로 간단한 일이 아니었다. 쉴 새 없이 모든 촉각을 세우고 귀를 기울여야 했다. 생활의 중심은 환자로 집중됐다. 한밤중에 자다가도 벌떡 일어나 달려가는 나를 보고 어느 날 남편이 중얼거렸다.

"아들만 있는 것이 섭섭한 적이 없었는데, 당신이 하는 걸 보니 우리에게 딸이 없는 게 걱정되네. 나중에 누가 그렇게 우리를 봐주겠나?"

그것은 진심을 담아 마음을 표현한 위로의 말이었다.

엄마가 집에 오신 지 사흘째 되던 날 밤이었다. 엄마가 나를 부르셨다. 성미가 대쪽 같은 엄마는 자리에 누워 일 보는 걸 수치스러워하셨다. 요양보호사는 이미 퇴근해서 옆에 아무도 없는데도 조그맣게 속삭였다.

"애야, 나~ 저기, 오랜만에 큰 볼일 봤으면 좋겠어. 침대에서 나 좀 내려 줘."

"예에? 넘어지시면 큰일나요. 그냥 누워서 보시면 금방 치워 드릴게요."

잠시 후 타르 같은 까만 것이 한가득 쏟아졌다. 그것은 음식물이 분해되어 변한, 색깔 바랜 갈색 찌꺼기가 아니었다. 놀란 가슴을 숨기고 치우기 시작했다. 시큼한 냄새. 아뿔싸, 순간 뜨뜻한 것이 손에 흘렀다. 그것은 변이라고 보기엔 너무 처연했다. 고통이 고통을 내리눌러 쓸려 내려온 흔적이었다. 색이며 냄새며 그건 변이 아니었다. 얼마나 집에 오고 싶었으면 이리 썩고 썩었을까. 그런데도 한 번도 힘든 내색을 안 하신 엄마. 그간의 아픈 기억을 더듬느라 잠시 멈칫한 순간을 엄마는 용케도 알아차리셨다.

"어떡하니, 내가 이제 죽을 때가 돼서 너한테 이런 궂은 일까지 시키다니…."

세상 걱정을 다 짊어진 표정이었다. 나는 짐짓 팔색조가 되어 곡소리를 냈다.

"아이고 오마니는 아버지 돌아가실 때까지 다 하셨잖아요. 우리 삼 남매 어릴 때도 다 받아내셨고. 요샌 종이 기저귀가 생겨서 이런 건 일도 아닌걸."

"그땐 당연히 내 할 일이었잖아."

"이것도 내 할 일이라우. 오늘 큰일하셨어요. 오마니, 기막힌 얘기 하나 해 드릴까요?"

"⋯⋯."

"이건 비밀이니까 쉿! 나중에 경로당에 가서 퍼뜨리면 안 돼요."

비밀이라는 말에 어둡던 엄마의 표정과 눈빛이 금방 살아났다. 고개를 이리저리 흔들며 이어 나가는 이야기 속으로 엄마는 한 발 한 발 들어가셨다.

"지금이 2019년이니까 150년쯤 전 일인데 옛날에 고종이라는 왕이 있었거든요. 그 왕이 결혼했는데, 5년이 되도록 왕비에게 아기가 안 생겼대요. 그렇게 오랫동안 기다리다 마침내 귀한 왕자를 낳았는데, 그런데 음~ 꼭 닷새 살고 천국으로 갔대요."

"엉? 천국? 귀한 왕자가 왜 닷새만 살다 죽었대? 훌륭한 의사도 있었을 텐데."

"그게 볼일을 못 봐서 그랬대요, 글쎄."

"그래~애? 갓난아이가 똥을 왜 못 쌌을꼬? 변비가 그렇게 심했나?"

"변비는 아니고 아기가 태어날 때부터 똥꼬 없이 태어

났대요. 그런데도 그 조선 시대 양반들이 아기 몸에 칼을 대면 절대 안 된다고 수술을 못하게 했대요. 그래서 똥독이 온몸에 퍼졌대요. 그거 못 보면 큰일난다니까. 자, 우리 기도합시다. 하나님, 우리 오마니가 볼일을 한~ 보따리나 보게 해 주셔서 감~사합니다."

딸의 어이없는 넉살에 웃음을 참느라 엄마의 가냘픈 어깨가 흔들렸다. 그 순간 몹쓸 걱정은 이야기 속의 불행한 어린 왕자와 함께 저 너머로 사라졌다.

그 뒤로 내가 자리를 갈아 드릴 때마다 미안해하셨지만, 조금씩 느긋하고 표정도 부드러워지셨다. 엄마의 고통이 서서히 그렇게 해갈되는 듯했는데, 고통의 매임에서 자유롭기를 원하셨던 엄마는 몇 개월 후 긴 여행길을 떠나셨다.

엄마의 고통을 고스란히 대변했던 그 검은 물질, 손에 닿았던 야릇한 감촉, 그리고 시큼했던 냄새가 잠시 내 시간을 멈춘다. 그 기억은 콧등을 찡하게 하는 아린 선물. 엄마가 떠나면서 내게 주신, 가슴 아픈 마지막 선물이었다.

고맙고 또 고맙습니다

4월 중순쯤 서울대 관악 캠퍼스에 가면 눈이 아렸다. 초속 5센티미터로 떨어진다는 벚꽃잎이 온 교정에 작은 나비같이 날아다녔다. 그때는 눈에 들어오지 않던 풍경이 세월이 지날수록 점점 그리워지는 건 이제 황혼 고개에 올라와서일까.

그 많은 돌계단. 그곳을 하나씩 오를 때마다 머리를 흔들던 기억, 끄덕이던 기억이 겹친다. 가슴을 졸이며 유령처럼 존재했던 나. 그곳에서 시집살이를 톡톡히 했다.

1인 6역. 아내, 엄마, 자식, 며느리, 학생, 거기다 시간강사도 겸임했다. 학생 역할이 가장 고됐다. 그것은 학교에 일주일에 하루 이틀만 가면 되는 게 아니었다. 결혼 전에

석사과정을 마친 나는 새로 시작한 박사과정을 위해 매일 아침 해를 보고 나갔다가 별을 보며 집에 왔다.

가끔 주말에도 학교에 가야 했다. 강의, 학부실험 준비, 세미나 준비, 논문실험, 그렇게 온종일 학교에서 지냈다. 그건 그 교실의 불문율이고 전통이었다. 그러나 누구도 강요하는 사람은 없었다. 내 마음은 매일 엎치락뒤치락했다. 힘들게 느끼면서도 그 불문율을 깰 용기도 배짱도 없었다. 아니, 깼다간 그 교실에서 자동 퇴출당했으리라. 체중이 죽죽 내려갔다.

어쩌다 저녁 6시쯤 책가방을 들고 교실을 나가려고 하면, 다른 학생들이 "어! 오늘 무슨 일 있으세요?" 하고 인사하는 통에 등이 따끔거렸다. 아이들 문제로 급한 일이 생기면 매점에 가는 척 책가방은 의자에 두고, 지갑만 들고 줄행랑을 치기도 했다. 다른 학생들과 달리 아이가 있는 엄마에겐 큰 시집살이였다. 어두워지면 아이들 생각에 가슴이 두근거렸다. 다행히 교우들과는 가족같이 따뜻하고 즐겁게 지냈다. 남편도 중세시대 엄격한 수도원 같은 곳에서 잘 버티는 나를 조심스럽게 바라보며 아이들을 잘 돌봐 주었다. 그의 전폭적인 육아 협조가 큰 힘이 되었다.

초등학교에 입학한 큰아이는 종종 내 가슴을 철렁하게 했다. 준비물이 매일 다른데도 미리 알려 주지 않고 바로 전날에야 통지해 주는 선생님이 야속했다. 밤늦게 집에 가면 아이는 자지 않고 나를 기다리고 있었다.

"엄마, 내일 찰흙 갖고 오래."

"이모에게 얘기하면 되는데 왜 얘기 안 했어?"

"선생님이 꼭 엄마랑 같이 찰흙 동물을 한 개 이상 만들어 오라고 했어."

애꿎게 아이만 야단쳤다. 기다리던 아이는 훌쩍이고 나는 돌아서서 '망할 놈의 선생 같으니' 속으로 중얼거리며 원망했다. 이미 문구점은 문을 닫았다. 나는 다음 날 아침 일찍 학교에 가야 했다. 같이 만들어 줄 재료도 시간도 없는데, 이런 사정을 모르는 아이 선생만 생각하면 내 마음의 법과 질서가 무너져내렸다. 그 와중에도 아이가 학교 가는 것을 기다리고 즐거워하는 게 고맙기만 했다.

아침에는 유아원을 가는 다섯 살 된 막내를 깨웠다. 아직 잠이 덜 깬 눈을 비비고 볼록한 배를 벅벅 긁으며, 저도 걱정이 되는지 내게 난처한 질문을 자주 했다.

"엄마, 오늘 나는 누가 봐주나?"

매일 도우미 이모가 왔지만, 그들 사정으로 사람이 빈번이 바뀐 덕이다. 도우미가 오후에나 온다고 한 날이었다. 머리를 쓰다듬으며 추켜세웠다.

"와! 오늘 아침은 특별한 날이네. 이제 다 컸으니 아침에 혼자 있어 보는 거야. 유아원 갔다 와서 형님 피아노 치는 집에 가 있으면 이모가 올 거야. 엄마 학교 늦으면 선생님한테 혼나. 너도 엄마가 혼나는 거 싫지?"

막내는 고개를 끄덕이면서도 엄마의 설레발에 얼굴을 찌푸렸다. 그리고 두려운 표정으로 또 물었다.

"엄마네 선생님 딥다 무서워?"

"그러엄, 늦게 가면 아주 큰일나. 소방차까지 온다니까."

아이 장래 꿈이 소방관이었으니까 소방차까지 온다고 하면 무사통과였다.

내가 이렇게까지 해야 하나, 자괴감도 들었다. 내 인생을 치열하게 메꾸고 싶지는 않았다. 어린 시절이 인격 형성에 무엇보다 중요한 걸 잘 알지만, 조금만 더 기다리기로 했다.

도우미들은 시도 때도 없이 바뀌었다. 6개월 동안 도우미가 바뀔 때마다 '오늘은 어떤 사람일까?' 하고 가슴 졸였다. 여기저기 구원자를 모색했다. '혹시?' 잠시 기대했던 곳에서 대답은 역시 부정적이었다. 고수하든지 학업을 포기해야 했다. 나 때문에 아이들을 불안하게 할 수는 없었다.

멀리 강원도 춘천에 사시는 친정어머니가 보다 못해 올라오셨다. 엄마가 구원투수가 되신 것이다. 나 자신보다 더 나를 사랑하시는 엄마. 엄마란 존재에게는 자식의 아픔이 가장 깊게 전달되는 법. 주말부부같이 서울로 올라오셔서 한 주도 빠짐없이 4년간 학위 받을 때까지 아이들을 돌봐 주셨다.

막내이자 고명딸인 나를 위해 아버지도 흔쾌히 조력자가 돼 주셨다. 그러면서 주변의 친정 식구들도 연쇄 작용으로 줄줄이 걸려들었다. 아이들 돌봐 주는 문제를, 염치없게도 사랑이란 미명으로 내 짐을 부모의 어깨에 실었다. 세월이 흘러 더 나이 들고 나서야 부모 생각에 목이 메었다.

모두의 헌신적 사랑으로 아이들은 반듯하게 자라 주었다. 다행히 사춘기도 힘들지 않고 무사히 지나갔다. 엄마가 그토록 정성으로 돌봐 주신 아이들이 이제 다 커서 각자 자기 길을 가고 있다. 장대같이 큰 그들을 바라볼 때마다 감사한 마음과 함께 가슴 졸이던 그 시절이 떠오른다.

엄마 없는 빈 공간이 얼마나 무서웠을까? 엄마 올 때까지 그 긴 시간을 또 얼마나 기다렸을까? 시간이라는 건 사랑하는 사람을 애타게 기다릴 땐 너무 늦게 간다는 걸 내 아이들은 어릴 때부터 터득했다. 흐르는 눈물 또 눈물. 엄마가 투박한 손으로 아이들의 그 눈물, 콧물을 닦아 주셨다.

오늘 나의 나 된 것은 모든 가족들 덕분이었다. 그리고 결코 부인할 수 없는 하나님의 사랑이 있었다. 내가 천국을 바라볼 수 있었던 것은 누군가 엎드려 그의 등을 내준 덕분이었다.

손주들 돌봐 주고 평생 김치를 담가 준 엄마가 이젠 옆에 안 계신다. 내가 익살스럽게 '고맙습니다' 하고 한마디 하면, 좋으면서도 어색해서 눈을 흘기셨다. 자식으로 살면서 엄마에게 너무 많은 짐을 지게 해 드렸다. 매달아 놓은 가훈은 없었어도 부지런하고 검소한 엄마는 절약이 몸에 밴 분이었다. '죽으면 썩을 살 아끼면 무엇하나'라는 말을 입에 달고 사신 분!

엄마는 당신의 어린 시절 말고는 전혀 경제적 걱정 없이 사신 분이었는데도 어쩌다 비싼 고급 식당에 모시고 가면 긴장하며 불편해하셨다. 허름한 순두부 식당이나 고등어 구이집에 가면 그제야 환하게 웃으신 엄마. 자신을 위해서는 결코 돈 쓰기를 거부하셨다. 길가에 밟혀 쓰러진 들꽃을 지나치지 않고 주워 오는 분. 그것을 빈 화분에 꾹 눌러 심으면 죽었던 꽃이 살아나는 신비의 손을 가진 분이었다.

신앙심이 깊은 엄마는 구원받은 자는 선함을 행하는 것이 도리라고 생각하셨고, 적선지가 필유여경(積善之家 必有餘慶 : 착한 일을 많이 한 집안은 반드시 경사가 찾아온다)의 의미를 믿으셨다. 소유한 모든 것을 자신을 위해 쓰지 않고 남을 위해 내어놓았다. 신학생들을 위한 장학금 기부는 물론, 평소 시각장애인을 볼 때 당신이 볼 수 있음을 감사하며 많은 사람이 새 세상을 보도록 수술비용을 보내셨다. 해마다 지적장애인 기관에 겨울 연료비도 보내면서 정작 당신이 이 세상을 떠나실 때는 소박하게 자신의 장례비만

남기기를 원하셨다.

그러나 인간관계라는 게 천편일률적일 수는 없는 것. 누구에게는 아낌없는 사랑을 쏟았지만 가슴 아픈 사랑도 있는 법. 누군들 모든 이에게 같은 사랑을 쏟을 수 있었겠는가. 부족한 인간이기에 남에게 상처 주었던 일, 남을 더 많이 사랑하지 못한 것을 회개하며 기도하셨다. 시한부 판정을 받으신 것도 아닌데 이미 죽음을 예견하고 죽음을 두려워하지 않으셨던 분. 종말적 신앙을 가진 엄마의 가치관대로 끝을 맺으셨다.

돌아가시기 전 6년을 함께 지낸 사위에게, 당신의 마지막을 돌봐 주어 고맙다며 손을 잡고 말없이 울음을 삼키셨다. 모든 걸 감사로 승화시키신 힘은 신앙에서 왔다. 마지막으로 자식들, 손주들, 미국에 있는 자손까지 온 가족을 위해 기도하셨다.

바싹 마른 단풍이 다 떨어지던 기해년 황량한 겨울에, 나는 엄마의 차갑게 식은 앙상한 손을 놓아 드렸다.

"엄마, 아버지, 고맙고 또 고맙습니다."

김 정 수 필 집

천 번째 풍선

제5장 지금 이 모습 이대로

비교의 힘

계영배(戒盈杯)

지금 이 모습 이대로

비교의 힘

선거철이다. 후보자들은 자기를 선전하기 바쁘다. 자연히 유권자들은 후보자 중 누가 더 나은지를 가늠하려고 열심히 정보를 공유하며 비교한다.

후보자들은 때론 상대방을 비방하며 온갖 약점을 찾아헤매고 불가능한 공약도 남발한다. 땅에 떨어지기로 작심한 듯하다. 남과 경쟁해서 이기려고 비교하면서 칼로 찌르고 찔림을 당하고 피 흘리면서 얻는 게 그만큼 가치 있는일일까?

W. R. 화이트의 《진짜 이야기를 찾아서》에 보면, 정의롭지 않은 경쟁과 비교의식이 인간을 얼마나 추악하게 만드는지 낱낱이 보여 준다.

서로 마주 보고 장사하는 두 상인이 있었다. 두 사람은 서로 경쟁하며 상대가 망하기를 원했다. 보다 못한 하나님이 하루는 천사를 보내 한 상인에게 소원을 들어주겠다고 제의했다. 그러나 한 가지 조건이 있다고 했다. 그것은 그 상인에게 들어준 소원의 두 배를 경쟁자 상인에게도 들어준다는 조건이었다. 몇 날 며칠을 곰곰이 생각한 상인은 한숨을 쉬며 소원을 말했다.

"제 한쪽 눈을 멀게 해 주십시오. 그러면 저 상인은 두 눈이 멀게 되겠지요?"

자기 한쪽 눈이 멀더라도 남이 안 되도록 하고자 하는 사악한 마음이 극렬하다. 인간의 추악한 단면을 적나라하게 파헤친 작품 속에서 지나친 비교로 이어진 잘못된 탐욕이 어떤 결과를 초래하는지 잘 보여 주고 있다.

남의 불행을 통해 자신의 처지를 감사하는 이상한 비교를 한 적이 있다. 몇 년 전, 영국 버킹엄셔 주 에일즈베리에 가서 오랜 친구를 만났다. 그곳에서 서쪽으로 10킬로미터 떨어진 곳에 세계적 금융 재벌 가문인 '로스차일드'의 주말 별장을 함께 방문했다. '워데스던 저택'이라 불리는 그 집은 프랑스 건축가가 네오 르네상스 양식으로 15년간 지었다고 한다. 빅토리아 여왕이 1890년 그 저택을 방문해 전구를 사용한 샹들리에에 깊은 감명을 받았다는 일화도 있는 집이었다.

정문을 들어가자 끝이 안 보이는 넓은 초원 같은 정원이 보였다. 잘 손질된 정원에는 키 낮은 꽃들이 활짝 피어 쏟아지는 햇빛을 즐기고 있었다. 정원 가운데 다소곳이 앉아 있는 저택이 눈에 들어오자 마음이 설레었다. 겉모습은 유난스럽지도 화려하지도 않았다. 그곳은 해마다 30만 명 이상이 방문한다고 했다.

방문객들을 따라 내부로 들어갔다. 입구부터 바닥에 깔린 화려한 양탄자며 천장에 걸린 고품격 샹들리에, 방 벽마다 걸려 있는 오래된 명화는 우리를 충분히 감탄하게 했다. 식당과 주방이 보였다. 가지런히 벽에 붙은 장식장에는 금으로 칠한 것과 아름다운 그림이 그려져 있는 도자기로 꽉 차 있었다. 그 그릇들은 보기만 해도 배부를 것 같았다. 그 모든 것이 한 개인의 재산이었다니 입이 벌어졌다. 긴 한숨이 부러운 마음 위에 실려서 새어 나왔다.

그때 같이 간 친구가 가만히 속삭였다.

"저 성주는 위장이 나빠서 평생 삼시 세 끼 하얀 식빵만 먹고 살았다더라."

상상했던 모습이 순식간에 깨져 버렸다. 하인들이 준비한 산해진미를 앞에 놓고도 평생 하얀 식빵만 씹었다고? 그 집 주인의 간절한 바람은 무엇이었을까? 따뜻한 스프와 스테이크를 곁들인, 제대로 된 한 끼 식사를 맛보는 것은 아니었을까?

근사하게 포장된 커다란 저택 안에 감추어진 아픔이 내게 전해졌다. 우리는 그날 저녁 식탁에 앉아 사기그릇에 담긴 벌겋게 잘 익은 총각김치를 우적우적 씹어 먹으며 의미 있는 시선을 교환했다. 그의 아픔이 만들어 준 감사함에 기분이 쎄했다.

긍정적인 비교는 서로 자극이 되어 성장하기도 하고, 더 나은 세계로 발돋움하기도 한다. 각 나라에서 제품을 만드는 기업인이 타제품과 비교하여 경쟁적으로 더 좋은 제품을 만들려고 노력한다거나, 살림하는 아내가 물건을 이리저리 비교하며 가성비 좋은 것을 고르는 일은 바람직하다.

피할 수 없는 비교도 있다. 학교에서 학생은 어떤 선생이 강의를 잘하는지 실눈 뜨고 비교하고, 선생은 어떤 학생이 잘하는지 고심하고 비교하며 평가한다. 관객은 무대에서 어떤 배우가 연기를 잘하는지 냉정하게 비교하며, 배우는 관객의 반응을 비교하며 기뻐하거나 실망에 빠지기도 한다. 건전한 비교는 더 나은 미래를 지향한다.

가끔 근사한 수필을 읽을 때 내 마음이 출렁거린다. 처음에는 놀라운 글에 감탄하다가, 하루 지나면 비교라는 괴물의 등장으로 내적 싸움을 하기도 한다.

하지만 예전 한 줄 쓰려고 끙끙거리던 시절과 비교하면 갈등은커녕 감사할 뿐이다. 다른 이가 아닌 나 자신과 비교하니 잠시 행복해진다.

'그렇지, 세월과 비교해야겠네, 세월. 그런데 가만 있자, 얼굴 모습은? 과거의 모습과? 어이쿠~ 비교는 무슨 비교.'

계영배(戒盈杯)

나이가 드니 점점 체중이 늘어난다. 신경 쓴다고 밥을 한 숟갈 덜어내지만 젓가락은 다음 접시를 노린다. 아직 덜 찬 배를 채우려고 접시에 있는 과일이며 간식거리를 넘겨다 본다.

배가 불룩해지면 '음~ 오늘 실컷 먹고 내일은 적게 먹지 뭐' 하며 만족해한다. 짓궂은 남편은 나오기 시작한 내 아랫배 언저리를 5초간이나 훑어보고 있다. 꼭 한 숟갈 욕심을 못 참아 탈도 나고 쓸데없는 체중도 늘어난다.

계영배라는 술잔이 있다. 과유불급을 암시하는 잔이다. 술이 일정한 한도에 차오르면 잔 밖으로 술이 흐르게 한

것. 가득 차는 것을 경계하라는 속뜻이 있는 계영배는 과
음하지 말라는 절주배라 한다. 인간의 끝없는 욕심과 지
나침을 경계하라는 그 말이 밥 먹기 전에는 생각이 안 나
고 하필 꼭 식사 후에 내 머리를 맴돈다.

인간의 욕심으로 치면 톨스토이의 단편《사람에게는 얼
마만한 땅이 필요한가》의 주인공 파홈을 따라갈 사람이
있겠는가. 그 작품은 전형적인 인간의 욕심의 극치를 보여
준다.

농부인 파홈은 땅에 대한 욕심이 대단했다. 그는 넓은 땅을 차지하고도 늘 목말라했다. 나중에는 바시키르인 촌장의 제의에 솔깃하게 된다. 만일 천 루블만 주면 파홈이 온종일 걷는 땅 넓이만큼 땅을 주겠다는 것. 흥분한 파홈은 원하는 땅을 얻으려고 온 힘을 다해 멀리, 더 멀리 나갔다가 돌아오는 길에 지칠 대로 지쳐 버렸다. 마지막 도착했을 때 그는 앞으로 고꾸라졌고, 입에서 피를 쏟으며 엎드린 채 죽음에 이르게 된다.

그가 종국에 차지한 땅은 머리에서 다리까지 들어갈 수 있는 2미터가량의 무덤이 전부였다. 욕심을 조금만 줄였다면, 계영배가 주는 의미를 알았더라면 그런 비극은 없었을 텐데, 인간의 지칠 줄 모르는 탐욕과 탐심이 가져올 수 있는 비극이다.

연일 떠드는 매스컴에 머리가 지끈거린다. 인간의 욕심과 욕구를 계영배에 담을 수 있다면 지금보다 편안한 세상이 될 수 있을까. 정치가들의 욕심도 계영배가 걸러주는 이치대로 산다면 어떨까 싶다.

선거 때마다 각 정당 후보들은 단일화를 외치며 상대

당을 이기려 하지만, 누구도 양보하거나 물러날 생각을 하지 않는다. 눈앞에 뻔히 보이는데도 그 욕심을 버리지 못한다. 결국 참패를 당하고서야 후회한다. 정치인도 유명인도 떠날 때가 되어 자리에 연연하지 않고 떠나는 모습이 아쉽다. 후대 정치가를 위해, 다음 유명인을 위해 제 몸의 잎을 떨구고 다음에 나올 새잎을 위해 빈 몸을 만드는 나무같이 사라지는 사람은 지혜자로 보인다.

지나친 것이 그뿐이랴. 근래에는 부모가 자식에게 바라는 기대도 꼴깍 넘친다. 계영배가 필요하다. 많은 부모는 자식이 좋은 대학에 들어가고 더 높이 출세하기를 원한다. 대치동 학원가에서 빙빙 도는 학부모들이 많다. 현대판 맹모들이다.

카페마다 정보 수집하는 엄마들이 모여 기염을 토한다. 그러면서 이것이 다 너희를 사랑하기 때문이라고, 자식을 온종일 이 학원에서 저 학원으로 돌린다. 부모의 기대가 지나치면 자식은 피폐하게 된다. 부모의 욕심을 줄이면 자식들도 행복하고, 행복한 자식을 바라보는 부모도 행복할 텐데, 그 욕심은 누구를 위한 것일까. 정작 자식보다 자신의 못다 이룬 꿈을 위한 것은 아닐지 싶다.

이제 여기저기서 관절이 삐걱거린다고 하소연한다. 그동안 마음껏 돌아다닌 증표다. 그만큼 살면서 사용하고 새것 같기를 바랄 수 있나. 적당한 아픔은 친구로 삼아 죽을 때까지 함께 가야 할 것 같다. 자동차도 10년만 쓰면 여기저기 고장이 나기 시작한다. 사람의 몸도 고장 나는 건 당연한 것. 오랜 기간 무사고로 썼으니 상장도 여러 개 주어야 할 것 같다. 건강에 대한 기대를 줄이기로 하니 마음이 편하다. 기대를 줄이면 사는 게 천국이다.

수필을 쓴다. 한번 쓰고 읽어 보니 마음에 들지 않는다. 수정하고 삭제하고 또 붙인다. 수식어를 덜어내고 다시 붙인다. 기대를 줄이고 사는 것 같은데도 좋은 글 쓰려는 욕심만은 아직 잔을 넘친다. 넘친 욕심이 글을 전혀 딴 방향으로 끌고 가기도 한다. 주제도 모르고 머리만 쥐어짠다.

'누가 계영배가 필요하다고? 정치가? 사돈 남의 말 하고 있네. 댁이나 잘하세요!'

이 소리가 귀를 울린다. 오늘 저녁은 친구를 불러 계영배로 술이나 한잔해야겠다.

지금 이 모습 이대로

얼마 전 주방에서 저녁 준비 중이었다. 생선을 굽고 나물을 무치는 동안 양념통을 넣는 장에서 고춧가루통을 꺼내려다 잘못 건드려 고춧가루가 쏟아졌다. 난감했다. 어쩔 수 없이 고춧가루가 여기저기 흩어져 지저분하니 주변 통들을 들어내야 했다. 소금통도 꺼내고 설탕통도 꺼냈다. 하는 김에 양념통을 모두 정리하기로 했다. 일이 커졌다. 행주를 갖고 와서 닦고 털고 하나씩 정리하는데 열린 문짝에 뭔가 동그란 점이 보였다.

식탁에서 돋보기를 들고 왔다. 아까 보인 점이 무엇인가 들여다보다 깜짝 놀랐다. 커다란 점, 그것은 하나가 아니었다. 큰 점 말고도 간장색, 붉은 고춧가루색, 기름 같은 연미색의 작은 점들, 그건 전시회에서나 볼 수 있는 한 작품이었다. 하얀 문짝 화폭에는 밤하늘에 흩뿌려진 은하수만큼이나 많은 점이 있었다. 그게 내 눈에는 여태 안 보였다니, 가슴이 철렁했다. 퐁퐁 묻힌 행주며 철수세미를 동원해 박박 닦았다. 눈앞이 뿌옇게 보였다. 더 박박 닦았다. 내 마음이 얼얼해질 때까지 수세미로 닦았다. 은근히 서글퍼졌다.

20대 초반에 어떤 남자를 만났다. 내게 호의를 갖고 있던 그 남자는 광화문 부근 센터빌딩에 있는 스카이라운지로 나를 야심 차게 안내했다. 식사 도중 높은 빌딩 숲속 네온사인을 내려다보며 그가 조심스럽게 물었다.

"저기 멀리 보이는 저 간판에 무어라고 쓰여 있는지 보이세요?"

"'현대건설'요? 아니면 그 뒤에 멀리 있는 '포 시즌' 말인가요?"

그는 정작 약간 떨어진 현대건설 간판을 물어봤는데, 나는 그가 보지 못하는 까마득히 멀리 있는 레스토랑 간판을 읽어댔다. 아마 그 레스토랑은 이탈리아 작곡가 비발디가 만든 협주곡 '포 시즌(사계)'을 간판으로 만든 것 같았다. 나는 이어 비발디의 '사계'에 대해 말했다. 그 곡은 내가 좋아하는 것이며 '사계' 중 겨울을 가장 좋아한다고 덧붙였다. 그는 비발디라는 작곡가를 알지도 못했고 '사계'라는 현악사중주곡은 더욱 몰랐다.

그는 벙쪄서 한참 말이 없었다. 나중에야 그가 질문한 목적이 내 시력을 알고 싶어서 테스트 겸 물어봤다고 실토했다. 그 바람에 음악에 문외한인 것이 들통나 버렸지만. 그는 다시는 내 시력에 대해 언급하지 않았다.

2년 뒤 그와 결혼했다. 결혼 후 그는 '포 시즌'에 자존심이 상했는지 외식 때마다 주야장천 칼국수를 찬양했다. 광화문 고층빌딩의 고급스러운 식당은 결혼 전 그때가 처음이자 마지막이었다.

황혼기에 접어들었다. 결혼 전에는 밤하늘의 별을 세었던 시력이 이젠 지독히 약해졌다. 외출할 때마다 돋보기를 챙기려고 "내 눈은 어디 있나?" 하면서 두리번거린다. 가끔 고지서를 들고 은행에 간다. 깜박하고 돋보기를 잊고 가면 당황스럽다. 무료하게 서 있는 은행 청원경찰을 슬쩍 바라보면 눈치 빠른 그가 말없이 다가온다. 그는 노인의 마음을 알아채고 성심껏 도와준다. 남의 도움이 이젠 그리 서먹하지 않은 나이가 되었다.

10여 년 전에 하던 첼로 연습을 다시 계속하기로 마음먹었다. 돋보기를 지참하고 서초구 심산문화센터에 등록했다. 자그마하고 안경을 쓴 첼로 강사는 실력도 출중하고 꼼꼼하게 가르쳐 주어 인기가 많았다.

음악실에서는 부채꼴로 대여섯 명이 중앙을 바라보고 앉았다. 반원들은 모두 젊어 보였다. 가운데 앞쪽은 강사 자리. 유행하는 코로나 때문에 모두 마스크를 쓰고서 강사가 이끄는 대로 스케일을 몇 번 반복하고 바흐의 '무반주 첼로' 곡의 난해한 부분을 부분적으로 연습했다.

끝날 시간이 거의 됐는지 잠시 조용했다. 다 끝난 줄 알고 정리하려고 슬그머니 일어났다. 그런데 아무도 일어나지 않았다. 바로 옆에 앉은 젊은 친구가 "지금 연습한 그 부분 한 번 더 한대요"라고 살짝 속삭였다. 선생의 작은 말소리를 못 들은 것. 당황하며 주저앉았다. '눈치라도 보고 일어날걸.' 급한 성질이 늘 문제다.

남에게 피해는 주지 말아야지 다짐하는데 쉽지 않다.

언제나 불편한 마스크를 벗으려나. 마스크를 뚫고 나오는 말을 혹시라도 놓칠세라 귀를 곤추세우며 모든 촉각을 동원한다.

젊은 시절 출퇴근할 때 지하철을 자주 이용했다. 그때마다 이어폰을 끼고 핸드폰 볼륨을 지하철 소음에 질세라 최대한 높여 이것저것 음악을 골라 들었다. 금방 목적지에 도착했다. 시간을 잘 활용한 것 같았다. 노후에 청력이 약해진다고 주변에서 말렸지만 웃기만 했다. 그때 칠십 인생은 백 년 뒤에 오는 줄 알았다. 그런데 어느새 코앞에 닥치다니. 이제 때가 되어 대가를 톡톡히 치르고 있다. 자업자득인가.

하나의 문이 닫히면 또 다른 문이 열린다니 걱정하진 않기로 했다. 잃는 게 있으면 얻는 것도 있다. 시스템 안에서 에너지의 총량은 변함이 없으니 결국 형태는 달라도 얻는 것도 없고 잃는 것도 없다. 다행히 지금은 책도 보고 악기 연습하는 것을 예전보다 즐기면서 하니 감사할 뿐이다.

이어령 교수가 얼마 전 소천하셨다. 그는 인생은 무엇이라고 생각하느냐는 기자들 질문에 "내 인생은 하나님이 주신 선물이다"라고 답했다고 한다. 나는 지금 순간을 선물 옆에 보너스로 따라온 꽃다발이라고 생각하기로 했다. 선물 받는 기분에 시너지 효과를 내는 꽃다발. 은근히 마음이 넉넉해졌다.

과거만 아름다운 것은 아니다. 광화문 센터빌딩의 스카이라운지에서 먹는 스테이크도 좋지만, 동네 식당에서 칼국수를 먹는 노년 인생의 무대도 꽤 괜찮다. 하늘은 높고 푸르다. 시력도 청력도 약해졌지만, '지금 이 모습 이대로 좋다. 카르페 디엠!'

김 정 수 필 집

천 번째 풍선

제6장 소소한 즐거움

물감놀이

　색채와 빛을 통해 찰나의 시각적 순간을 그림으로 표현한 모네. 오일로 그린 모네의 그림을 좋아한 지는 꽤 오래되었다. 빛의 각도와 방향에 따라 달라지는 모습이 환상적이다. 그의 작품 〈아르장퇴유 정원〉이 작은 액자에 담겨 내 책상 위에 있다. 그 후 물감의 번짐을 터치한 수채화가 내 눈에 들어왔다. 그건 또 다른 충격이었다. 유화로는 도저히 표현할 수 없는 세계가 거기 있었다. 모네가 〈지베르니 정원〉이며 〈수련 연못〉을 수채화로 표현했으면 어땠을까 상상해 봤다.

　시간에 더 이상 얽매이지 않아도 되었을 때 그림 도구를 준비했다. 강남구 신세계문화센터에서 이상덕 화백이 이끄는 수채화반은 인기가 최고였다.

"그냥 '물감놀이' 하듯 마음대로 화폭에 붓을 그어 보세요."

즐기는 데서 좋은 작품이 나온다며 '물감놀이' 하라는 말씀을 자주 반복했다. 우리는 모두 커다란 붓에 물과 물감을 듬뿍 찍어 편안하게 화폭에 그었다.

70대 초반이던 그분은 한국 수채화, 유화 분야에서 꽤 유명한 화가였다. 성품이 넉넉하고, 누구의 그림을 지적하는 말도, 쓸데없이 과한 칭찬도 안 하셨다. 뒷짐을 지고 다니다가 수강생들 그림이 마음에 들면 머리를 끄덕이고, 그렇지 않으면 한쪽 입꼬리가 올라가는 묘한 웃음을 지으셨다. 계속 그리다 보면 스스로 터득할 수 있다는 신념을 갖고 계셨다.

몇몇 문하생들은 부천의 이 화백 개인 화실로 배우러 다니기도 했다. 언제부터인가 나도 기웃거렸다. 수업 중 우리가 그림을 다 그리고 나면 그분은 누구에게나 으레 10초 정도 마무리 붓질을 해 주셨다. 그러면 놀랍게도 전혀 새로운 작품이 탄생했다. 그 붓질은 마법의 손길이었다. 그 붓질이 지나가면 마치 초등학교 때 담임 선생님에

물감놀이

게 큰 상을 받았을 때처럼 모두 감격스러워했다. 그렇게 작품이 하나씩 쌓여 갔다.

점차 물감놀이의 매력에 빠져들 무렵, 개인 전시회를 하기로 생각한 건 참으로 우연이었다. 환갑잔치를 하자는 아들의 말 중 잔치라는 말이 식상한 때문이었을까. 즉흥적으로 '밥 먹으면서 그림 보고 놀자'라고 한 것. 가족들은 대찬성이었다.

낙천적인 이 화백도 처음에는 갸우뚱하셨다. 시간이 조금 지난 뒤에, 말없이 웃으면서 내 작품 10여 점이 실린 도록에 '물감놀이'라는 겉표지까지 직접 그려 주셨다.

강남구 논현동에 자리한 아담하고 분위기 있는 카페 'LUNA'. 그곳은 식사만 주문하면 장소를 무료로 빌려줬다. 카페 입구와 식탁을 예쁜 꽃으로 치장했다. 경쾌한 실내악도 여러 곡 준비했다. 그리고 카페 모퉁이와 벽에 돌아가며 수채화 열 몇 점을 운치 있게 붙였다.

'물감놀이'가 시작됐다. 가족들과 몇몇 친구들을 초대했다. 그날은 오감을 자극하는 날이었다. 소박하지만 정갈한 식사와 냄새만으로도 저절로 눈이 감기는 커피 향이 우리를 들뜨게 했다.

홀 안에는 귀를 호사시키는 실내음악 선율이 흘렀다. 숲속에 들어온 듯 눈을 시원하게 하는 아마추어의 서투른 그림이 메마른 마음을 새롭게 했다. 서투른 그림이라서 더욱 편안했으리라. 코너마다 우아하게 장식한 꽃들도 한층 분위기를 돋워 주었다.

어느 틈에 재즈 음악이 넓은 카페 안에 흘렀다. 우리 자리 옆쪽에 빈자리가 있었다. 주인이 우리 양해를 얻고 다른 손님을 받았다. 식사하던 젊은 손님 중 키가 큰 분이 내게 다가왔다. 그림 중 한 작품을 구매하고 싶다고 제의했다. 가슴이 쿵쾅거렸다. 정중하게 그것은 매매하는 그림이 아니라고 했다. 그분의 구매 의사는 환갑날에 내가 받은 가장 기분 좋은 선물이었다.

얼마 후 이 화백이 갑자기 타계하셨다는 놀라운 소식을 들었다. 암이었다. 쓱쓱 붓질 몇 번에 산이 되고 강이 되고 빌딩을 만들며 격려하는 분이 우리 옆에 더는 안 계셨다. 자기 소임에 최선을 다한 분. 물감놀이를 하라는 울림이 사라지고 그 공간에 침묵이 가득 찼다. 문하생들의 붓을 든 손이 화폭에서 사방으로 흐느적거렸다. 나의 붓질도 어느 순간 멈춰 있었다.

작은방 귀퉁이에 나무로 된 커다란 이젤이 장승처럼 서 있다. 화판에는 그리다 만 그림 색이 점점 바래진다. 그 밑에는 물감과 붓과 잡동사니들이 머리에 먼지를 이고 나를 물끄러미 바라보고 있다.

멈춤의 시간이 필요했다. 거울 속에 내가 있다. 거기 서 있는 내가 낯설었다. 화가는 나에게 페르소나였나? 그렇다면 이쯤 벗어 버려야지.

그래도 내년쯤에는 모네가 살았던 '지베르니'를 한번 가보고 싶다. 가서 수련이 떠 있는 정원도 돌아보고 싶다. 한때 첨벙거리고 놀던 물감놀이를 그리워하며.

소소한 즐거움

가족이 정성이 깃든 식탁에서 오감으로 삶의 의미를 함께 느끼는 것, 그것은 사랑이다. 사랑하는 가족을 위해 먹을 것을 마련한다는 것은 즐거운 일이다. 이젠 할머니란 호칭이 익숙한 나이. 힘들기도 하지만 자식들을 위해 음식을 만들 때, 아직 에너지가 솟구친다.

기해년 12월에 친정어머니가 돌아가셔서 큰아들 생일을 그냥 넘겼다. 이듬해 2월 작은아들 생일에 큰아들과 겸해서 합동 생일을 지내기로 마음먹었다. 앞으로 몇 번이나 이런 기회를 가질 수 있을까. 모두 외식하자고 했지만, 난 기쁜 마음으로 두 아들 부부를 초대한다고 광고했다.

아들 생일이 되면 늘 떠오르는 아픈 편린. 신사동 주택에 살던 시절, 초등학교 저학년이던 작은애 생일날이었다. 유난히 감성적인 작은애는 자기 생일을 손꼽아 기다렸다. 케이크와 과일을 사고 선물을 준비했다. 그런데 하필 그날, 감정 표현을 거르지 않는 남편과 예민하게 대응한 내가 사소한 문제로 의견 충돌이 있었다. 그러다가 언성이 높아지고 얼굴을 붉히는 사태가 벌어졌다. 뭐가 그렇게 중요했을까.

잔뜩 부풀어 있던 아이 얼굴이 어두워졌다. 급기야 울음보가 터졌다. 서로 바라보는 헝클어진 마음들. 갈라진 마음을 누르고 생일 케이크를 잘랐다. 아이는 고맙게도 곧 눈물을 닦고 케이크를 우적우적 먹었다. 부모가 어른답지 못했던 그날의 잔상이 아직 가슴 한편에 남아 있다.

먼저 카드를 장만했다. 생일 카드를 고르는 일은 또 하나의 기쁨. 난 예쁜 카드를 찾는 데 시간을 아끼지 않았다. 드디어 맘에 드는 카드를 골랐다. 대치동에 있는 작은 빵집. 미모의 주인이 직접 만든 마른꽃 카드는 비용도 저렴하고 카드를 담은 투명한 플라스틱 상자가 눈에 들어왔다. 이 안에 어떤 글을 쓸까? 망설였다. 따뜻한 글을 써야지. 그래도 '사랑하는 아들에게'라고 사랑 표현을 형용사로는 쓰겠는데, 끝내 '사랑한다'라는 동사로는 쓰지 못했다. 뭐가 다를까? 사랑이라는 말이 왜 그렇게 어색한지. 촌스럽기는. 아, 강원도 촌년 맞네.

음식 준비 차례. 무슨 음식을 할까 궁리하다가 지난번 명절에 선물 받은 굴비를 굽기로 했다. 며느리가 좋아하는 생강청을 살짝 넣은 샐러드도 해야겠다. 생각대로 요리를 딱 세 가지로 정했다. 미역을 참기름에 달달 볶아서 소 양지머리를 푹 끓인 육수에 넣고 오래 끓인 미역국도 빠트리지 않았다. 쌀뜨물에 마른 굴비를 미리 담그고. 고기 누린 내를 없애려고 물에 담가 핏물을 빼고 부산을 떨었다.

남편에게 밥에 넣을 밤 속껍질을 까달라고 한 봉지 디밀었다. 이십 분쯤 지나 남편이 목을 쥐며 벌떡 일어났다.

"여보, 나 목 빠지겠어. 고만 깔래."

밤 속껍질이 여기저기 헌 딱지같이 붙어 있다. 그래도 지금껏 처음 음식 장만을 도와준 남편에게 잘했다고 폭풍 칭찬했다. 그러곤 돌아서서 밤을 다시 손질했다.

그와 어찌하다 보니 반세기 가깝게 살았다. 이젠 서로 안 보이면 불안해지는 귀한 존재가 되었다. 오래 살아봐야 진가를 알게 되나 보다. 된장도 오래 숙성돼야 제맛을 내고, 밥도 뜸을 푹 들여야 제맛이 나듯, 우리 관계도 오래 지나니 이제 제 맛이 든 것 같다. 애들에게도 늙을 때까지 살아봐야 진가가 보인다고 말해 줘야겠다. 나이 들어 서로 의지할 대상이 있다는 것만도 감사하다.

상차림은 내가 은근히 즐기는 일이다. 테이블에 하얀 식탁보 대신 청색 갈포지 매트를 깔았다. 그 위에 보드랍고 화려한 냅킨을 삼각형으로 접어서 놓았다. 여행 중에 매번 눈에 띄는 그림이 있는 냅킨과 카드를 고르느라 가슴이 콩닥거렸었지. 원색 꽃무늬가 그려진 실크 같은 냅킨을 발견했을 때의 기쁨이란 아는 사람만 안다.

제일 아끼던 접시를 장식장 구석에서 꺼내 식탁에 올려놓았다. 음~ 그리고 잔잔한 음악도 틀어야겠다. '어이쿠 가만 보니 식탁에 꽃이 빠졌네. 내 정신!' 겨울이라 어쩐다? 지난번 조카가 보내 준 마른꽃이라도 손질해서 보기 좋게 꽂았다.

드디어 아이들이 왔다. 왁자지껄하다. 이게 사람 사는
맛이지. 저희들끼리 선물을 주고받으면서 웃음이 넘치고
서로 먼저 봐달라고 아우성친다. 저렇게 큰 공간을 부서
뜨리는데 식당에서 먹자고? 어림없지. 15년을 같이 산 고
양이 두 마리도 눈에 호기심을 가득 채우고 식탁 밑으로
슬그머니 다가왔다. 드디어 생일잔치가 시작됐다.

"얘들아, 아버지가 너희들 먹으라고 깐 밤으로 만든 밥이야, 먹어 봐."

"나 그거 까느라 목디스크 걸릴 뻔했어."

남편의 자기 자랑이 늘어졌다. 두 며느리는 멋지다고 엄지를 세웠다.

현재라고 하는 귀한 시간. 지금 이 시각을 예술로, 사랑의 축제로 만들어야지. 두 며느리는 과일을 깎고 큰며느리가 사 온 맛있는 티라미슈 케이크를 홍차와 함께 먹었다. 케이크가 입에서 살살 녹았다. 그 맛은 축제의 맛. 바로 그맛. 내가 원한 바로 그 달콤한 시간과 공간.

설거지 그릇이 제법 쌓였다. 모든 축제가 그렇듯이 마무리가 귀찮다. 집 안에 아내가 행복하면 가정이 행복해진다는 말을 나는 믿는다. 집안일은 나누어서 해야 할 것. 늘 그렇듯이 작은아들이 쏟아져 나온 접시를 분주히 설거지 자동기계에 넣고 스위치를 눌렀다. 기계의 역할이 전체 일감의 반도 안 되지만, 작은아들은 설거지를 몽땅 자신이 해결했다고 으쓱했다. 자기 아내와 눈을 맞췄다. 칭찬해 달라고. 칭찬받고 싶어 하는 건 부전자전. 뒤에서 나도 잘했다고 엄지를 높이 치켜세웠다. 남은 일감인 큰 그릇과 싱크대 뒷정리는 눈썰미 좋은 큰아들이 말없이 후딱 해치웠다.

일상으로 돌아갈 시간이 되었다. 축제에 썼던 그릇들을 제자리에 돌려놓았다. 다음 축제를 위해. 접시는 장 아래쪽, 컵은 위에. 가족 모두 이젠 일상으로 돌아가야지. 두 아들을 위한 오늘 하루. 사랑을 마련한 시간, 그들이 조금이라도 즐거웠기를 바라며 중얼거린다.

"얘들아, 산다는 것은 가끔 이렇게 소소한 즐거움을 서로 나누는 데 있지 않겠니?"

들꽃

4월 마지막 주, 그날은 내 생일이었다. 초인종이 울렸다. 외국에 살고 있는 큰아들이 씩 웃으며 문밖에 서 있었다. 2년 만이었다. 아들의 출현은 내가 예상하지 못했던 커다란 선물이었다. 우연이었을까. 장난기 많은 큰애의 성정으로 보아 계획적일 수도 있었다.

며칠 뒤 5월 어버이날 전날. 새벽 일찍 고속버스터미널 꽃시장에 가 보자고 큰아들이 청했다. 어버이날이라 내게 꽃 선물을 해 주고 싶었나 보다. 마침 다음 날은 손님이 온다고 해서 준비도 할 겸 기대 찬 마음으로 일어났다.

새벽 기운은 하루의 시작을 알렸다. 그 주변에서 몇십 년을 살면서 한 번도 가 보지 않은 꽃시장은 무척 북적거렸다. 그곳에는 꽃을 파는 사람, 사러 온 사람, 구경하러 온 사람들로 건물 가운데 통로가 분주했다. 이것저것 고르다 잔잔한 꽃과 화려한 작약이며 장미 같은 꽃을 한 보따리 샀다. 꽃은 언제나 내 마음을 설레게 했다.

어설픈 솜씨로 이리저리 재가며 거실이며 현관, 화장실까지 꽂아 놓았다. 덕분에 집이 꽃바구니가 되어 온통 꽃향기로 채워진 동화 속 집이 되었다.

이튿날 경기도 광주에 사는 남편의 절친 부부가 방문했다. 꽃을 보고 감탄하며 들어오는 친구 부인의 한마디가 분위기를 고조시켰다. 가끔 우리를 방문하는 어떤 손님은 식탁에 꽃이 있는지 바가지가 있는지 전혀 모르는 사람도 있기에. 웃으며 건네는 그 탄성은 음식을 준비하는 수고를 충분히 보상하고도 남았다. 사소하지만 그런 세심함은 초대하는 사람, 초대받는 사람 모두를 즐겁게 한다.

하루가 지나자 알사탕만 하던 작약 봉오리가 몰라보게 활짝 피었다. 조금 지나니 붉은색으로 만개하여 자태를 뽐냈다. 그토록 화려하고 붉던 꽃잎이 이틀 만에 서서히 하얗게 변하면서 마룻바닥에 휴지같이 시신을 와르르 떨구었다. 사흘을 못 채우고 작약의 화려함은 막을 내렸다.

고작 며칠 사는 꽃을 피우려고 일 년을 힘들여 물을 빨아들이고 광합성으로 양분을 저장하고 공들였나 싶었다. 모든 꽃이 그런가. 허망했다. 꽃이 아름다운 건 활짝 핀 시간이 짧기 때문이라지만, 다시 그 꽃이 피려면 일 년을 기다려야 한다니. 땅에 있다고 해서 더 많이 오래 사는 것은 아니리라. 그래도 인간에 의해 며칠 관심을 받다가 사라짐으로 자기 본분은 다 했다고 위로해야 할까. 아니 어쩌면 인간의 하루가 그들에게는 일 년일지도 모른다는 생각이 들었다.

그믐달이 지나고 옆 동네 사는 정 박사와 이 박사를 초대했다. 이번에는 꽃시장까지 갈 시간이 없었다. 앞산에 올라갔다. 아파트를 품은 듯한 나지막한 동산에는 개망초 꽃과 나물로도 먹는 옥잠화 잎이 여기저기 널려 있었다. 꽃가위를 들이댔다.

개망초는 국화과 두해살이풀로 길가나 빈터에 제멋대로 자란다. 평소 사람들의 주목을 받지 못하는 풀이긴 해도 미안한 마음이 들어 빽빽하게 모여 있는 꽃 더미 속에서

솎아 주듯 줄기 끝을 잘랐다. 그 꽃이 있어야 할 자리는 숲속이고 그 산에 사는 게 더 행복할 테지만, 이기적인 인간에 의해 잘려 나가는 화생(花生)을 생각하니 조금 미안했다. 당연히 자손을 퍼트릴 만큼은 충분히 남겨 놓았다.

들꽃의 몸 줄기를 싹뚝 자를 때 "쏘리다, 얘들아" 하면서 손을 재빠르게 움직였다. 집에 가져와서 맑은 꽃병에 물을 듬뿍 주고 보기 좋게 담았다.

아침에 눈을 뜨자 거실로 나갔다. 식탁 위에 있는 맑은 유리병 속 들꽃이 간밤에 반란을 일으켜 시들지는 않았는지 궁금했다. 싱싱했다. 앙증맞게 작은 개망초 꽃잎을 손가락으로 살살 비벼봤다. 너무 가늘고 작아 만지지는 못하고 손가락으로 살살 털어봤다. 꽃들이 들에서 살다가 갑자기 다른 환경에 와서 하루도 살지 못하고 널브러지면 어쩌나 걱정했다. 다행이었다.

얼마 전 꽃시장에서 사 온 꽃들이 허망하게 시들어 사라진 것이 생각나서 들꽃은 어쩌려나 마음이 쓰인 것. 숲에 있을 때보다 더 싱싱해 보였다. 누구에겐가 관심을 받아 신났을까. 야생으로 자란 꽃이 더 생존력이 단단한가 보다.

두 사람은 들꽃을 보고 탄성을 질렀다. 길가에서 존재
감 없이 스쳐 지나가는 꽃이 집 안에서 반겨주니 그 반
가움이 배가 된 것이다. 평소 자세히 보지 않던 꽃이라며

들여다보고 칭찬을 늘어놓았다. 멋진 장미나 화려한 작약보다 눈에 띄지 않던 작은 들꽃이 더 인기였다. 들꽃에게 미안한 마음이 줄어들었다. 옆에 가서 작게 속삭였다.

"어때? 너희도 기분 좋지?"

남들이 봐주지 않는 들에 핀 들꽃이 내 집에 와서 사람을 크게 행복하게 해 줬으니 자기의 존재 가치를 충분히 나타낸 것 같았다. 화려하게 시선을 끄는 꽃들만 가치 있는 꽃이더냐, 들에서 자란 작고 소박한 풀꽃도 한층 아름다웠다.

들꽃을 두어 송이 뽑아 작은 꽃병에 담아 책상 위에 놓았다. 글을 쓴다고 책상에 앉았다. 문장이 마음에 안 든다고 계속 수정하고 조리돌린다. 작약같이 화려한 유명인의 세련된 글은 많은 사람의 박수를 받을 테니 그런대로 훌륭하고, 들꽃 같은 내 글도 누군가 한두 명은 봐주고 공감할 테니 그걸로 족한 것을. 생긴 대로 살아야지.

'호박에 자꾸 줄 긋는다고 수박 되나?'

하우스 콘서트

　로버트 프로스트는 〈가지 않은 길〉에서 못 가 본 길을 아쉬워한다. 나에게 음악은 '가지 않은 길'이었다. 그 속에서 삶에 지쳤을 때 상처 난 마음을 위로받고 평안을 느끼고 또 희망의 소리를 듣는다. 그리고 그리운 대상을 시공간을 초월해 만날 수 있는 음악의 세계를 자주 넘봤다.

　음악에 대한 갈망으로 그득했던 시절. 인기 영화가 상영되던 극장에서였다. 그 시대 인기가 치솟던 영화배우의 바이올린 연주 장면이 나를 흔들었다. 베토벤의 '로맨스' 선율의 과녁은 나의 심장이었다. 가냘프고 높은 E선의 소리는 뾰족한 요술 지팡이로 구름을 뚫고 별나라로 날아갈 것 같았고, 낮은 G선의 음은 처절하게 실연을 당한 이의 가슴을 후벼파는 듯 들렸다. 저 천상의 소리를 어떻게 그냥 지나칠 수 있으리.

10대 후반, 바이올린을 손에 들었다. 어린 시절에 피아노를 접했던 나에게 새 악기는 그리 낯설지 않았다. 바이올린을 처음 들었던 밤, 나는 둥둥 떠서 잠을 이루지 못했다. 그러나 악기를 가슴에 안았을 때의 두근거림과는 다르게 어깨에 있는 악기는 계속 무겁게만 느껴졌다. 소리의 울림은 제자리를 맴돌았다. 세월이 지나도 여전히 악기와 나는 서로 멀뚱히 바라만 보고 있었다.

결혼하고 직장생활이 이어졌다. 연구실에서 가운을 입고 실험 준비를 했다. 동물실험을 하고 물질을 분석하고 기기를 통해 얻는 수치와 씨름하던 나의 길에서 언제나 채워지지 않는 갈증을 느꼈다. 가지 않은 길을 바라만 보다가 바이올린을 다시 들었다. 예전과는 사뭇 달랐다. 시간이 지나며 어깨에 놓인 악기의 무게가 가벼워짐을 느끼기 시작했다. 느닷없이 몇몇이 모여 집에서 합주를 해 보자는 마음이 움텄다. 오케스트라의 시작이 처음에 하우스 콘서트에서 시작됐다는 정보도 작당하는 데 한몫했다.

2001년 12월, 종이 울렸다. 내 바이올린 선생과 그녀의 첼리스트 친구를 불렀다. 색소폰을 부는 아들도 오고 남편도 클라리넷을 들었다. 피아노 치는 조카를 부르고 몇 명의 전공 연주자를 더 불렀다. 전공자와 비전공자가 반반이었다. 관객으로 가족과 친지 10여 명을 불렀다. 아마추어 수준답게 레퍼토리를 소품으로 한정했다. 음악이 특별한 이의 전유물은 아니라고 생각하는 인심 좋은 전공자들이 그 모임의 의도를 충분히 인식하고 지지해 주었다. 색다른 모임에 호기심을 안고 서로 인사를 했다.

예상을 뛰어넘어 아마추어의 어설픈 연주 소리는 전공자의 기름진 연주 소리에 스며들어 아름다운 소리로 둔갑했다. 크게 기대하지 않았던 참석자들이 음악 소리에 귀를 내미는 모습이 보였다. 마지막에는 모두 합창할 수 있도록 악보를 나누어 주었다. 함께 만든 화음에 여민동락(與民同樂)의 마음이 되었다. 참석했던 그들은 아쉬운 마음으로 엄지척을 보이며 자리를 떴다.

달력이 통째 몇 번 바뀌고, 나는 직장에서 퇴직하고 서초구 양재동에 연습실이 있는 아마추어 '베누스토 아미

치 오케스트라단'에 입단했다. 단원 중에는 전공자도 더러 있고 나 같은 아마추어도 섞여 있었다. 나는 바이올린 세 컨드 파트에 배치되었다. 토요일마다 연습하는 그 단체는 일 년 동안 연습해 온 곡을 공연장을 빌려 공연했다. 몇 종류 현악기와 관악기 그리고 타악기로 이루어진 40여 명 의 단원이 있고, 트럼본을 연주하는 파란 눈의 젊은 외국 인도 있었다.

2009년 4월 압구정동에 있는 장천아트홀에서 막이 올 랐다. 무대 조명등에 눈이 부셨다. 가슴이 방망이질을 했 다. 집에서 모여 즐기던 하우스 콘서트와는 비교가 안 되 었다. 무대 뒷자리에 앉았는데도 심장이 다리에도 붙었는 지 자꾸 떨려서 꾹 누르고 있어야 했다. 나의 시선은 지휘 자와 내 앞에 앉은 바이올린 연주자의 뒤통수 그리고 악 보만 삼각형으로 돌려가며 그어댔다. 다행히 연주가 시작 되자 떨리던 내 다리는 겨우 진정됐다.

베토벤의 '휘델리오' 서곡을 시작으로 엘가의 '위풍당 당 행진곡' 그리고 생상스의 '바이올린 협주곡'을 중앙대 교수와 협연한 후, 피날레로 베토벤의 '심포니 2번' 전 악 장을 끝냈다. 관객들이 숨죽이며 음악 속에 빠져들었다.

무사히 잘 끝내고 일어나니 등이 땀에 흠뻑 젖어 있었다. 다리에 내려갔던 심장은 다시 제자리로 올라갔다. 그것은 쉽게 접해 보기 힘든 경험이었다.

무대에서의 그 경험은 나에게 충격이었다. 전에도 학교에서 강의하거나 대중 앞에서 연구 실적물을 발표할 기회가 자주 있었다. 그런 자리에서 가슴이 떨린다거나 다리가 떨린 적은 없었다. 그러나 무대에서 악기 연주는 전혀 달랐다. 무대에 당당히 서는 독주자들은 정말 얼마나 대단한지. 난 준비가 2% 부족해서일까. 집에 와서 이틀 동안 곯아떨어졌다.

조금씩 아프던 어깨가 점점 심해졌다. 잠을 잘 수 없었다. 견디다 못해 병원에서 정확한 진단을 받고 수술받았다. 덕분에 악기 연주는 한동안 쉬었다. 쉬는 동안 오케스트라단 연습실에서 눈여겨보았던 첼로가 머리에서 떠나지 않았다. 삶이란 호기심의 연속인 것을.

바이올린의 네 줄보다 한 줄 만큼 낮은 첼로 음은 자기 의견을 호소력 있게 전달한다. 부웅~ 하는 육중한 범선의 뱃고동 소리를 닮은 C선, 그리고 뿌우잉 하는 맑은

연락선 뱃고동 소리를 내는 G선. 그 소리는 듣는 이를 수
평선 너머의 넓은 바다로 데려다준다. 바이올린의 G선과
첼로의 G선은 같은 음이라도 줄의 굵기와 길이 그리고 줄
을 지탱하는 울림통의 크기가 달라서 아주 다른 느낌을

준다. 첼로의 G선은 부드러움을 표현하면서 때로는 휘몰아치는 광풍과 파도의 표효도 거침없이 나타낸다. 그러면서도 다른 악기와 섞여 아름다운 음악을 만들 때는 부드럽지만 당당하게 낮은 자세로 두 팔 벌려 상대방을 안아 주는 역할을 한다. 첼로가 내는 화음 역할은 다른 누구도 대신 할 수 없는 자리다. 그것은 활짝 핀 꽃 밑에서 받쳐 주는 꽃받침, 어미의 품 같으니.

공연 준비 연습 후 회식 자리에서 지휘자의 한마디가 나를 흔들었다. 악기 하나를 하면 둘은 쉽다고 했다. 귀가 얇은 편은 아니었지만, 도전해 보기로 마음먹었다.

황혼기에 첼로를 가슴에 안았다. 어깨를 의식하고 조금씩 연습했다. 어느덧 몇 해가 흘렀다. 조금씩 연습해서 올겨울에는 소리를 나누는 하우스 콘서트를 기웃거리고 있다. 아름다운 곡을 연주하며 여럿 모여 함께 찬양도 하고 싶다. 음악을 사랑하는 사람들이 어울려 연주하는 소리, 그런 즐거움은 내가 아직 살아 있음을 느끼게 해 준다.

수필 속에서 한 단어를 바꾸기만 해도 느낌이 달라지듯, 음악도 선율에서 한 음만 바꾸어도 기쁨을 슬픔으로 바꿀 수 있는 묘미가 있다. 셰익스피어의 말처럼 세상은 온통 하나의 무대이니 세상 사람들은 배우로 인생의 무대에 입장하고 퇴장한다고. 나의 노년의 무대는 묘미가 있는 음악을 즐기며 지내고 싶다. 저마다 글을 쓰거나 그림을 그리며 또 손주를 돌보며 나름의 방식으로 노년의 남은 시간을 지키듯이.

이 순간에 피천득의 〈이 순간〉이 가슴을 울린다.

이 순간 내가
별들을 쳐다본다는 것은
그 얼마나 화려한 사실인가.

오래지 않아
내 귀가 흙이 된다 하더라도
이 순간 내가
제9교향곡을 듣는다는 것은
그 얼마나 찬란한 사실인가.

그들이 나를 잊고
내 기억 속에서 그들이 없어진다 하더라도
이 순간 내가
친구들과 웃고 이야기한다는 것은
그 얼마나 즐거운 사실인가.

두뇌가 기능을 멈추고
내 손이 썩어 가는 때가 오더라도
이 순간 내가
마음 내키는 대로 글을 쓰고 있다는 것은
허무도 어찌하지 못할 사실이다.

김 정 수 수 필 집

천 번째 풍선

제7장 돌아갈 때

돌아갈 때

나의 주치의 선생님에게

돌아갈 때

범사에 기한이 있고 천하만사가 다 때가 있다. 묵묵히 기다려야 할 때도 있지만, 서둘러야 할 때도 있다. 주책없이 나설 때를 모르고 나서서 낭패를 보기도 한다. 미적미적 망설이다 고백할 때를 놓쳐 사랑하는 여자를 놓치기도 하고, 차일피일 미루다 치료할 때를 놓쳐 생명을 잃고 후회하기도 한다. 때론 중요한 때를 만나 순간의 결정으로 남의 목숨을 살리기도 한다.

얼마 전 F-5E 전투기를 몰던 심정민 소령은 이륙 후 상승하던 중 엔진 경고등이 켜지면서 기체가 급강하했다. 관제탑과 교신하고 비상탈출 절차를 준비했으나 추락 지점에 마을이 있어 피해를 막기 위해 시간을 끌었다.

결국 야산에 추락하고 자신은 탈출하지 못했다. 그는 자신이 탈출하여 살 수 있는 때를 알았다. 그러나 자신의 임무에 대한 강한 책임감으로 그때를 포기한 것. 눈앞의 이익보다 영원을 지향하는 사람이다. 그는 한 알의 밀알로 죽으면서 수많은 생명을 살리고 갔다.

가나안의 혼인 잔치에서 물로 포도주의 기적을 이룬 예수는 "아직 내 때가 이르지 아니하였다" 하며 자신의 때를 잘 알고 있었다. 그는 기적을 이룰 때를 알았고, '나사로' 같은 죽은 자를 살릴 때를 잘 알았다. 자신이 만인을 위해 죽어야 할 때를 미리 알고, "내가 이를 위해 이때 왔나이다"라고 고백했다. 그가 십자가에 달려 죽음에 이를 때 "이제 다 이루었다"라고 온 세상 사람의 죄를 위해 죽음으로써 영광을 얻고 돌아가셨다. 그는 자신의 목숨을 내어 주기까지 만인을 사랑하셨다.

그 당시 제사장이었던 가야바가 오로지 자신의 존재 기반이 흔들릴까 걱정되어 무고한 예수를 사지로 내몰았다. 그의 어리석고 이기적인 욕망이 앞선 것이다. 아무도 그 사건이 예수를 통한 하나님의 기획된 '때'임을 몰랐다. 때를 모르고 무지하게 행동한 그가 바로 우리 자신은 아니었을까. 때를 아는 것은 하늘과 땅의 간격만큼 큰 차이다.

김지철의 《인생 선물》에서 전도자는 인생의 시간이 하나님의 시간이라고 말한다.

이 순간, 오늘은 우리가 받은 특별한 선물이며, 시간은 그냥 흘러가는 것 같지만 그 시간 속에 하나님의 의미와 뜻이 들어 있다. 그래서 그때를 분별하고 무엇을 해야 하는지 본질적인 것과 하찮은 것을 구별해야 한다고 강조한다.

모래시계 속에 있는 모래가 천천히 아래로 떨어진다. 생명이 다할 때까지 떨어진다. 내 모래시계 안에 남아 있는 모래가 다 내려올 때까지 내가 할 수 있는 일이 무엇일까. 내가 누렸던 많은 일이 당연한 게 아니고 은혜였음을 알고 감사하며 살았던가. 그리 아니할지라도 나는 주변을 돌아보기는커녕 나만을 위해 살지는 않았던가. 시인 랭보의 말같이 상처 없는 영혼이 어디 있으랴마는, 그 상처를 받지 않으려고 나의 옳다는 생각이 지나쳐 남에게 상처를 주진 않았을까.

소외된 자들이 어려움으로 한숨과 슬픔에 젖었을 때

그들을 위해 슬퍼한 적은 있었는지, 늘 돌아보고 회개하지만 한 발짝도 더 나아가지 못한다. 본질이 아닌 하찮은 것에 목숨을 걸었던 때는 또 얼마나 많았는지.

지금은 마음의 묵은 때를 벗길 때다. 커튼을 걷고 창을 열어야겠다. 저녁노을이 지고 있다. 언젠가 터키 안탈리아의 지중해 해변에서 해 질 녘, 넋을 놓고 바라본 낙조가 떠오른다. 숨 막힐 듯 아름다운 붉은 노을이 '하루 일과를 끝내고 나는 이제 갑니다' 하고 슬그머니 수평선 아래로 사라져 갔었지. 나도 때가 되면 그렇게 사라져 가는 노을이 되고 싶다.

나의 남은 시간을 위해 기도해야겠다. 오늘 이 하루를 헛되이 보내지 않으며, 마침표가 아니고 영원한 쉼표인 죽음을 사랑으로 기억하면서 나는 흙이니 흙으로 돌아갈 때를 기다리리라.

하나님,
때마다 은혜로 받은 넘치는 복을 당연하게 여기면서
남을 이해하기에 인색했고

남에게 베풀기를 더디했습니다.
오만하여 자신을 돌아보지 못하고 남을 정죄했습니다.

선물로 주신 시간의 소중함을 모르고 소홀히 했으며
이웃을 사랑하지 않은 것, 그리고 말씀 듣고 행하지 않고
복음을 전하지 않은 죄를 모두 용서해 주십시오.

그런데도 부족한 저에게 하늘의 비밀을 알게 하시고
당신을 아버지라 부르게 해 주셔서
그 품으로 돌아갈 수 있었으며
가끔 십자가를 질 때도 있어서
주님의 아픔을 느끼게 하셨습니다.

저로 인해 상처 받은 모든 이를 위로하여 주시고
주님이 늘 내 안에 계신 것을 한시도 잊지 않게 하소서.
야곱 가문을 이어간 넷째 아들 유다같이 자신을 내어놓고
남을 위해 희생과 헌신할 때를 아는
마음 큰 사람이 되게 하소서.

자신을 낮추는 자를 높이시는 주님

과거는 주님의 자비에, 현재는 주님의 사랑에,

미래는 주님의 섭리에 맡기라는 성 어거스틴의 말처럼

남은 시간을 모두 주님에게 맡기는 지혜를 주소서.

사랑의 속삭임과 음악을 들을 수 있는 귀

아름다운 대자연을 볼 수 있는 눈

그리고 사랑할 수 있는 뛰는 심장을 주신 주님을

늘 찬양하며,

주를 의지하며 때를 기다리게 하신 주님께

감사와 찬송을 드립니다.

나의 주치의 선생님에게

먼저 병든 저를 맡아서 치료해 주시는 의사 선생님께 환자로서 감사를 드립니다. 사람이 늙어서 자연스럽게 집에서 죽는다면 대단한 축복이겠지만, 사고사나 돌연사를 빼놓고는 대부분 저처럼 병원 신세를 지는군요.

저는 우리의 생사고락을 하나님이 주관하신다는 말씀을 믿습니다. 모든 게 주님 뜻대로 되겠지만 제 소원도 있습니다. 생을 마칠 때 평온하게 가기를 원한다는 기도를 합니다. 누구나 다 그렇겠지요? 우리는 태어나는 것이나 죽는다는 것이 영원 속에서 이루어지는 하나의 사건일 뿐이라고 여긴답니다. 저는 이제 주님에게 돌아갈 때가 됐습니다.

제가 지금 혼수상태여서 제 뜻을 직접 전하지 못해 유감입니다. 그래서 이런 경우를 대비하여 의사 선생님께 드리는 편지를 이렇게 써 놓았답니다.

'사전의료의향서'라는 것은 명료한 정신 상태에서 작성해 놓았다가 건강을 회복할 수 없는 상태가 된 경우 의사에게 환자의 뜻을 전달하는 것으로 압니다. 그것은 연명의료의 거절 의사를 표시하는 법제화된 제도라고 하더군요. 2019년 겨울에 돌아가신 저의 친정어머니도 그 의향서를 작성하셨습니다. 그런데 막상 어떤 순간에 전부 소용이 없더군요. 그것은 냉정한 주치의의 말 한마디 때문이었습니다.

2019년 1월. 93세셨던 친정어머니가 서울에 있는 대학병원에서 고관절 골절로 수술하셨습니다. 한 달쯤 대학병원에 계시다가 재활 치료를 위해 3개월 정도 요양병원에 입원하셨지요. 병세가 호전되지 않았고, 나중에는 식욕 저하로 링거만 맞으셨어요. 어머니가 병원에서 퇴원하기를 간절히 원하셔서 집으로 모셨습니다. 환하게 웃으시며 좋아하셨지요.

그러나 상태는 위중했습니다. 스스로 가망이 없다고 판단하시고 마음의 정리를 하시더군요. 그러다 갑자기 상태가 안 좋으셨어요. 고향인 강원도의 대학병원 응급실로 갔지요. 응급실 담당의가 운명하실 것 같으니 준비하라고, 1인 병실로 옮기라고 했습니다. 새빨간 장미가 피는 6월이었지요.

놀랍게도 일주일 정도 지나자 코마 상태에서 깨어나셨습니다. 가족을 알아보며 통증을 표현하셨지요. 의식을 차리니 주치의는 규정에 따라 퇴원을 지시하며 지금 식사를 못 해서 코에다 줄을 끼워 유동식을 공급해야 한다고 했습니다. 그러나 회복할 가능성은 장담할 수 없다고 덧붙였지요. 저희는 집으로 모시려고 생각했기 때문에 당황했습니다. 그리고 주저하며 조그맣게 말했습니다.

"저 선생님, 어머니가 콧줄 같은 것은 절대 끼우지 말아달라고 부탁하셨어요."

"예, 연명의료 포기각서 봤습니다. 그렇다고 어머니를 아사시키시려고 합니까?"

너무나 당당하고 매몰차게 그 젊은 여의사는 잘라 말했지요.

"네에? 아사요?"

"네, 그렇게 되면 아사시키시는 겁니다."

아사라니요? 자기 부모에게 콧줄을 끼우지 않으면 당장 어떻게 된다는데 거기에 누가 다른 말을 할 수 있을까요? 다른 선택은 없었지요. 그 여의사 말은 거역할 수 없는 흉기였습니다. 네, 흉기였어요. 의사들은 환자가 원하는 것은 상관없이 무조건 목숨줄만 이어 놓으면 본연의 의무를 다한 걸까요? 그 후에 일어날 기막힌 상황을 상상해 봤을까요? 아, 그 후 모두 돌아가셨을 테니 당한 분들의 느낌을 들을 기회는 없었겠군요.

물론 의료인으로서 그럴 수밖에 없는 이유가 있을 수도 있겠다는 생각도 듭니다.

그리고 연명의료 포기라는 게 범주가 넓고 구체적이지 않아서, 가령 삽관이나 비위관을 안 하겠다든지, 혈액투석이나 항암제 등 의약품 투약을 포기하겠다든지 하는 항목이 자세히 명시되어 있지 않아 애매하다고 들었습니다. 그런 각서를 제출해도 상황이 닥치면 가족들에게 다시 물어서 구체적인 사항을 확인해야겠지요?

어쨌거나 대학병원에서 코에 줄을 연결하고 다시 요양병원으로 갔습니다. 의식이 명료하신 어머니가 첫날부터 코에 낀 줄을 자꾸 빼려고 해서 손을 끈으로 묶어 놓더군요. 그러자 묶인 끈을 풀려고 계속 머리를 손이 묶인 방향으로 움직였습니다. 그 모습이 상상되나요? 입으로 늘어진 줄을 잘근잘근 씹어서 몇 번이나 줄을 바꾸었지요. 온종일 콧줄을 빼려고 묶인 손 쪽에 끊임없이 얼굴을 갖다 대시더군요.

그러자 이번에는 엄격한 간호사가 절대로 콧줄을 빼지 못하도록 손에 벙어리장갑을 씌워 단단히 졸라맸습니다. 어머니의 하루는 오로지 콧줄을 빼겠다는 생각으로 꽉 찬 인생이 돼 버렸지요. 요양병원 의사는 줄을 끼운 다음에는 빼면 절대 안 된다고 했습니다.

인간으로서의 품위는 콧줄을 끼운 다음부터 무너졌습니다. 의료제도는 물론 어리석어서 앞일을 제대로 판단하지 못한 저도 죄인입니다. 그래서 머리를 조아렸습니다.

"엄마, 콧줄 때문에 힘들지요? 의사가 그거 끼워야 한대요. 정말 미안해요, 엄마."

눈을 감은 어머니 눈가에서 눈물이 줄줄 흘러내렸습니다. 어머니 눈물을 한 손으로 닦아 주며, 다른 손으로는 제 눈물을 훔쳤습니다. 딸의 얼굴에서 흐르는 눈물을 본 어미 가슴에서는 피눈물이 흘렀겠지요. 우리는 서로가 가여워서 바라보며 울음을 삼켰습니다. 못난 딸은 괴로워하는 어미를 보면서도 아무 도움이 되지 못했습니다.

콧줄을 끼는 순간부터 우리의 소통은 단절되었습니다. 표정도 없고, 말을 할 수도 없고, 그렇게 좋아하시던 배춧국을 맛볼 수도 없고, 그냥 멈추었지요. 침묵. 그게 우리 만남의 장면이었습니다. 어머니는 우리를 보고도 웃지 않으셨습니다. 고통과 체념의 표시였을까요. 그냥 숨 쉬는 일만 연장이 된 것이지요. 그렇게 165일 동안 불편한 콧줄을 빼려고 몸부림치시다가 결국 눈을 감으셨습니다.

어머니가 콧줄을 끼고 손이 묶인 채 병원에서 165일 동안 사는 것과 짧은 기간이라도 집에서 그냥 잠시 살다 가는 것 중 어느 것을 원하셨을까요? 단 하루를 살더라도 전 나중을 택하겠습니다. 그 표정 없는 여의사의 "아사 시키실 건가요?"라는 냉담한 말 한마디는 아주 오랫동안 우리 모두의 마음을 아프게 했습니다.

주치의 선생님, 제가 지금 그런 선택의 순간이라면, 가족에게 다음같이 권해 주시길 간곡히 부탁드립니다.

"지금 상황은 아주 안 좋습니다. 식사를 못 하니 콧줄을 끼워 요양병원으로 가면 유동식으로 음식을 공급하게 되지요. 하지만 의식 있는 분은 콧줄을 매우 힘들어할 겁니다. 다른 방법으로는, 댁에 가셔서 자연 급식으로 조금씩 시도해 볼 수도 있지요. 어쩌면 집으로 가시는 게 환자에겐 좋은 방법일 수도 있습니다. 응급 상황이 발생하면 다시 병원으로 오시면 됩니다. 좋은 방법을 선택하십시오."

이렇게 해 주신다면 정말 고맙겠습니다. 그에 따른 모든 책임은 가족이 질 겁니다.

저는 콧줄로 치료 약물이나 영양분 공급하는 것을 절대로 원하지 않습니다. 몇 날 몇 달 더 연명한들 그게 뭐 대수라고요. 나중 시간이 흘러 다 나았다고 벌떡 일어나 선생님께 인사라도 하러 오겠습니까? 그렇게 살아 있는 것이 무슨 의미가 있나요? 내게 닥친 고통도, 그리고 허기조차 나의 몫입니다. 품위 있게 생을 마감하도록 도와주십시오. 환자를 치료 대상으로만 여기지 마시고 정작 환자가 무엇을 원하는지 귀를 기울여 주실 것을 부탁드립니다.

　마지막으로 거듭 부탁드립니다. 가족들이 잔인한 결정을 해야 하는 질문을 행여 하지 말아 주세요. 자식들과 내가 서로 바라보며 눈물을 흘리고 싶지 않습니다. 편안히 천국으로 이사 가는 저의 옷깃을 잡지 말아 주세요.

　저는 흙으로 돌아갑니다. 아름다운 꽃이 만발한 그곳으로 돌아가는 걸 축복해 주십시오. 내가 최후의 한숨을 내쉬는 그 순간 당신에게 감사할 겁니다. 다시 고개 숙여 감사드립니다.

당신의 환자 김 정(옥희) 올림